黄河文化丛书

U0806123

黄河流域神话传说和民间故事

黄河文化丛书编委会 组织编写

申法海 主编

图书在版编目(CIP)数据

黄河流域神话传说和民间故事/黄河文化丛书编委会组织编写;申法海主编.—郑州:黄河水利出版社,2020.8（2021.12 重印）

（黄河文化丛书）

ISBN 978-7-5509-2782-7

Ⅰ.①黄… Ⅱ.①黄… ②申… Ⅲ.①神话-作品集-中国②民间故事-作品集-中国 Ⅳ.①I277

中国版本图书馆 CIP 数据核字(2020)第 156575 号

出 版 社:黄河水利出版社

地址:河南省郑州市顺河路黄委会综合楼 14 层　邮政编码:450003

发行单位:黄河水利出版社

发行部电话:0371-66026940、66020550、66028024、66022620(传真)

E-mail:hhslcbs@ 126.com

承印单位:河南瑞之光印刷股份有限公司

开本:710 mm×1 000 mm　1/16

印张:10

字数:175 千字

版次:2020 年 8 月第 1 版　　印次:2021 年 12 月第 2 次印刷

定价:30.00 元

《黄河流域神话传说和民间故事》编审人员

主　编　申法海

副主编　周　黎　董　舞　栗　方

赵　博

审　稿　王继和

前 言

奔腾不息的黄河，哺育了中华民族，孕育了中华文明。

五千年的中华文明史中，黄河文化渊源深厚，博大精深，举足轻重，特别是黄河神话传说和民间故事，生动地讲述了黄河流域美丽的风情和多彩的画卷，真实地记载了黄河儿女眷恋家乡故土的浓浓乡愁和豪迈情感，深刻地表达了人民大众对黄河的热爱和敬畏之情。

2019 年 9 月 18 日，习近平总书记在黄河流域生态保护和高质量发展座谈会上提出，黄河文化是中华文明的重要组成部分，是中华民族的根和魂。要推进黄河文化遗产的系统保护，守好老祖宗留给我们的宝贵遗产。要深入挖掘黄河文化蕴含的时代价值，讲好“黄河故事”，延续历史文脉，坚定文化自信，为实现中华民族伟大复兴的中国梦凝聚精神力量。

黄河流域神话传说和民间故事是黄河文化的底色，是“黄河故事”的母体。要讲“黄河故事”，就不能不讲黄河流域神话传说和民间故事。编纂本书，旨在落实习近平总书记讲好“黄河故事”，保护、传承、弘扬黄河文化的重要指示。通过向大众讲述这些生动有趣的故事，增强和加深人民大众对黄河和黄河在中华民族历史上重要意义的认知，增强中华民族的文化自信，并能唤起大众热爱黄河、保护黄河的意识。

作　者

2020 年 6 月

目　录

前　言
于谦治河请神牛 …………………………………… (1)
巨灵擘山引黄河 …………………………………… (5)
李耳铁鞭打黄河 …………………………………… (6)
憨大个垒堤 ………………………………………… (7)
邙山箍 ……………………………………………… (10)
黄河渡改名君子渡 ………………………………… (12)
跳进黄河洗不清 …………………………………… (14)
口若悬河"薄嘴片" ………………………………… (18)
蔡寡妇搭天桥 ……………………………………… (20)
传遍黄河栗大王 …………………………………… (23)
传奇千古卧牛城 …………………………………… (25)
洋人摆手成石头 …………………………………… (29)
挑动黄河天下反 …………………………………… (31)
许三本赌头封堤 …………………………………… (34)
兄妹探寻澄沙珠 …………………………………… (36)
秦始皇修金堤 ……………………………………… (38)
喊　堤 ……………………………………………… (40)
不捞财物只捞人 …………………………………… (42)
三娘子庙的来历 …………………………………… (44)
武大个学艺 ………………………………………… (46)
徐有贞做梦堵口 …………………………………… (48)
三过家门而不入 …………………………………… (50)
柳毅大王的传说 …………………………………… (52)
李大王玩船 ………………………………………… (56)
黄河大王借路 ……………………………………… (59)
龙王的女婿 ………………………………………… (61)
四女台 ……………………………………………… (63)

望洋兴叹 ………………………………………………………………（66）
蟒河的来历 ……………………………………………………………（68）
沁河传说 ………………………………………………………………（70）
琉璃瓦护大堤 …………………………………………………………（72）
洛阳牡丹的来历 ………………………………………………………（74）
铁棍山药 ………………………………………………………………（75）
蔡伦造纸的传说 ………………………………………………………（77）
沉香劈山救母 …………………………………………………………（80）
鲤鱼跳龙门 ……………………………………………………………（83）
黄河水酿美酒 …………………………………………………………（85）
仓颉造字的传说 ………………………………………………………（91）
错开河 …………………………………………………………………（98）
禹凿龙门 ……………………………………………………………（100）
禹女献策 ……………………………………………………………（101）
箭穿芝川口 …………………………………………………………（102）
禹王植桑 ……………………………………………………………（104）
夸父逐日 ……………………………………………………………（105）
花园口 ………………………………………………………………（106）
黄河九曲十八弯 ……………………………………………………（107）
龙羊峡 ………………………………………………………………（109）
刘统勋治黄 …………………………………………………………（111）
黄河之水哪儿来 ……………………………………………………（114）
禹开三门 ……………………………………………………………（116）
中流砥柱 ……………………………………………………………（118）
秦始皇台 ……………………………………………………………（120）
打狼台和龙居店 ……………………………………………………（123）
黑虎泉 ………………………………………………………………（125）
双井村 ………………………………………………………………（126）
牛首山的传说 ………………………………………………………（128）
白马拉缰 ……………………………………………………………（129）
王道烈告倒山河 ……………………………………………………（131）
黄河渡口的传说 ……………………………………………………（133）
画龙点睛 ……………………………………………………………（135）

二月二龙抬头 …………………………………………………………（140）
唇亡齿寒 ………………………………………………………………（142）
王昭君河套撒种 ………………………………………………………（144）
鄂陵湖与扎陵湖 ………………………………………………………（147）

于谦治河请神牛

在开封北郊铁牛村的高岗上，半蹲半卧着一头铁制的浑身乌黑的独角怪兽，直着脖子昂着头，两眼瞪得圆溜溜，雄壮威武地看着怒涛汹涌的黄河，犹如防洪护城的哨兵。这就是明代河南巡抚于谦铸造的“镇河铁犀”，老百姓俗称铁牛。

明宣宗年间，一艘官船从黄河花园口起锚，顺流而下。新任河南巡抚于谦，一身青衫，临风而立。他祖籍开封附近的考城，世代书香门第。由于黄河突然决口，全家人在梦中被洪水吞没。只有他爷爷一个人侥幸逃脱，流落到浙江钱塘定居。小时候他常听爷爷含泪诉说当年发大水、家破人亡的惨景。说黄河里有一头青面獠牙的水怪，经常兴风作浪，祸害生灵。小于谦暗暗立下志向，长大要回中原老家，治服黄河水怪，为民除害。他 24 岁考中进士，历任要职，政绩卓著，深受皇帝的器重。刚进而立之年，就手握尚方宝剑，来河南主持大局。他打算上任后头等大事就是治理黄河，造福黎民。此时，正值汛期，轻舟如飞，于谦不禁心驰神往，诗兴大发，吟道：

顺风吹浪片帆轻，顷刻奔驰十数程；
舵尾炊烟犹未熟，船头已见汴梁城。

船靠柳园口，于谦和书童于成悄悄上了岸。登上大堤，极目远眺，开封展现在脚下。于谦沿着千疮百孔的堤坝巡视，一颗心提溜起来：这样的堤坝就像豆腐渣，怎能阻挡凶恶的黄河！

附近一座难遮风雨的席棚里，一群衣衫褴褛的工匠正围着铁炉争论，有的要走，有的要留，有的进退两难，吵吵嚷嚷，乱成一片。掌钳师兄走到一位鬓发皆白的老人面前，恭敬地说：“千锤打锣，一锤定音。就听您老一句话了！”老人说：“听说于青天就要走马上任了，再等等看吧。”一个壮小伙子说：“天下乌鸦一般黑，谁肯管咱百姓死活！”一个瘦高个双手抱头往地上一蹲：“仨月不见一分工钱，一家老小张着嘴哩。”掌钳师兄见状道：“天下没有不散的宴席。师傅，人心散了，还是散伙吧……”老人沉吟半晌，把手一挥：“人各有志，不能勉强。我这把老骨头早晚要埋在黄河大堤上，你们各奔前程吧。”人们呼啦啦散开了，拎起各自的工具就往外走。

听候多时的于谦，上前双手一拦：“各位乡亲，请听我一言……”

壮小伙子瞪他一眼："闪开，少拿穷哥们寻开心！"

于成上前喝道："休得无礼！这位就是新任河南巡抚于大人……"

壮小伙子惊疑地上下打量于谦，忽然发出一声怪笑，冲着大伙说："别说是河南巡抚，就是开封知府，哪个出门不是前呼后拥，鸣锣开道！"他又对于谦扮了个鬼脸："于大人，咱们一块逃吧，走晚了，黄河里的水怪拿你当点心哩……"

"你们不信？"于成急了眼，抖开肩上的包袱："请看皇上亲赐的尚方宝剑！"这时于谦轻咳了一声，于成吐了吐舌头，忙把包袱收起来。

一直冷眼旁观的老人这时忙拨开人群，叩头便拜："黄河巡防道工匠营头目李德恒参见于大人……"众人也惶恐地随着跪下。

于谦笑着搀起老人："大家都起来，往后咱们齐心协力治理黄河。"

李德恒振奋地双手抱拳："工匠营愿追随大人赴汤蹈火，万死不辞！"

于谦转向书童道："你马上进城传我口谕，开封知府和河南河道即刻来此听命。"

"是。大人何处下榻？"

他一指席棚："巡抚衙门就暂设这里！"李德恒感动得热泪盈眶，大手一挥："来，给于大人搭帐篷！"

中午时分，开封知府率领大小官员匆匆赶来，一见于谦，诚惶诚恐，叩头谢罪。于谦眉头一皱："河南河道因何不来？"

于成答道："我在妓院里找到他，那小子说我扫了他的兴，他正陪美人喝酒，没工夫见你……"

于谦勃然大怒："大胆，给我抓……"

开封知府战战兢兢地道："大人息怒，这位河道乃是周王殿下的侄儿……"

这周王是怎么回事呢？原来明朝开国皇帝朱元璋打下江山后，便把他的儿子们分封各地为王。开封于是成了周王的世袭领地。这一代周王飞扬跋扈，贪婪成性，根本不把朝廷官员放在眼里。他见河南河道是个肥缺，大有油水可捞，千方百计让侄子戴上了这顶乌纱帽。于谦深知，历任河南巡抚，谁戗了周王的茬，马上就得卷铺盖走，事情不宜操之过急，便淡然一笑："河道既然'公务'繁忙，本抚改日登门拜访。开封知府，命你立即征调十万民夫，修堤筑坝，防洪抢险。"

开封知府面有难色："这……连年灾荒，疾病流行，百姓纷纷外逃，十室九空……"

于谦当机立断:“明日开仓赈济灾民,设立医局,免费治病。如有迟延,拿你是问!”开封知府出了帐篷,吓得出了一身冷汗,心想这回遇上“黑老包”了,一溜小跑回城办事。

于青天勤政爱民的消息飞快传遍了大河南北,逃荒要饭的灾民纷纷回归家园。青壮年自动上堤,两岸热火朝天。

于谦亲自指挥民夫,垒石堵洞,填笆堵漏,加厚增高了堤坝。还分段设亭,派专人监视水情。

一天深夜,于谦沿河巡视后来到工匠营,拜访李德恒。问道:“你是闻名中州的铁臂神锤,和黄河打了一辈子交道。如何才能使黄河长治久安呢?”

李德恒思索半天,用手遥指万家灯火的开封城说:“大人,你可听说过卧牛城的传说?”

“略有耳闻。”

“因为开封建在神牛栖息的地方,所以又叫卧牛城。传说黄河是神牛的小儿子,生性残暴,神牛怕它为非作歹,坑害百姓,就一直守在它身边。儿狠不伤母,黄河一直很老实。”

于谦故意问道:“近年来黄河经常泛滥,神牛怎不管教它?”

“唉,神牛早让河妖给挤走了……”

“河妖这么厉害?”

“哪呀?神牛张口能把东海的水喝干,河妖根本不是对手。后来,不知河妖怎么偷来了猪八戒的钉耙,专刮地皮。刮得开封飞沙走石,地低三尺,盐碱遍地,寸草不生。神牛没了水草,存不住身只得回天庭去了。这里的百姓有句俗话:圣人出,黄河清;神牛现,河妖镇。”

于谦正色道:“我虽不敢自比圣贤,但愿步先哲后尘,一定把神牛请回来!”

“难呐,神牛啥也不怕,就怯猪八戒的钉耙呵!”李德恒轻轻摇头,似有所指。

于谦回到大帐,彻夜难眠。他心里其实清楚,老百姓说的猪八戒的钉耙是谁,这钉耙就藏在周王府内。开封两大害:贪官和水怪。百姓痛恨、惧怕贪官比水患还厉害。天亮时,他心中有了主意,吩咐立即进城。

于谦迅速查明了河南河道的劣迹,真是触目惊心。于谦抓住他的把柄,不动声色地登门拜访,恭请他巡视治河工程。这个草包觉得挺有面子,大大咧咧地出了城,上了大堤。于谦面色倏变,捧出尚方宝剑,历数了他的罪状后,就地斩首示众。周王闻讯,气急败坏地赶来,侄子的脑袋说什么也安不上了。俗话说：硬的怕愣的，愣的怕不要命的。他见于谦是个头难剃的人，又自知理亏，只好夹着尾巴溜回王府。

开封百姓见于谦敢捅马蜂窝，杀了皇亲国戚，奔走相告，许多人跑上大堤欢呼雀跃。李德恒紧紧握着于谦的手说："大人，我梦见神牛又回来了，它浑身乌黑，独角朝天……"

于谦高兴地说："好呵，要让全城百姓都知道，都能看见。请你带领工匠马上铸造铁犀。铁，金也，乃水之母，故子不敢与母斗；犀，牛也，牛属土性，土能克水。让它卧在大堤上，永镇河妖！"

几十盘铁炉同时开炉，火光映红了半边天。"镇河铁犀"很快铸造出来了。它身高六尺，神情威严，栩栩如生。落成那天，铁牛雄踞高堤，虎视黄河。两岸人山人海，锣鼓喧天，鞭炮齐鸣，就像开了锅。

这年秋汛，遇上了百年不遇的洪水。于谦亲自率领文武官员和民夫上堤抢险。风雨交加，电闪雷鸣，奔腾咆哮的黄水一眨眼就溢平了大堤。在这千钧一发之际，铁牛大吼一声，低头一吸溜，洪水顿时落下三尺。又吼一声，"咕嘟"一口，洪水又落了三尺。连吼三声，藏在水中的河妖惊恐万状，怕被神牛生擒活捉，便逃之夭夭了。于谦领着众人给神牛烧香磕头，又为神牛盖了一座庙，叫"回龙庙"。

于谦在开封为官19年，黄河再也没有泛滥过，两岸百姓安居乐业。百姓听说他奉旨回京，痛哭流涕，夹道跪送，香案一直摆到渡口。已经老态龙钟的李德恒在人们搀扶下也来送行，他指着托盘上的土特产，恳切地说："于大人，你不带家眷来开封上任，为百姓操碎了心。这点土特产是全城百姓的心意，请你一定带回家……"

于谦笑道："父老乡亲的情我领了，东西实在无法带，我已经是满载而归了呵！"

老人困惑地指着于成肩上那个小包袱，问："大人带了啥东西？"

于谦一抖衣袖，笑道："两袖清风呵！"说着，他来到镇河铁犀旁，做了个长揖，然后大步流星登上官船。

船只逆流而上。于谦站在船尾，久久凝望着愈来愈模糊的铁牛，朗声吟道：

绢帕蘑菇与线香，本资民用反为殃；
清风两袖朝天去，免得闾阎话短长。

（李程远搜集整理）

巨灵擘山引黄河

黄河在潼关附近的那个转折，是九曲黄河中最有名的大弯。这里河道狭窄，水势湍急，两岸山崖陡峭。从北流来的黄河，到这里迎面受到华山阻挡，拐弯顺中条山向东流去。

传说，在上古的时候，华山和中条山是连在一起的。黄河流到这里被山石挡住，到处横流。那时候有个河神叫巨灵，见黄河水泛滥成灾，危害百姓，心里很不好过。他天天在山上转来转去，察看地形。向南，群山连绵，地势越来越高，无法引水；向东，是一马平川，宽广低平，离东海很近，是水的出路。巨灵琢磨了几天，下决心要把黄河水向东引流入海。

这一天，天气很好，蓝莹莹的天上没一丝云彩。巨灵赤膊上了大山，到了一个深谷中，停住脚，左右观看，山峰直直的。巨灵摇身一变，成了个顶天立地的巨人。他面向东，两手顶住两个山头，咬紧牙，一使劲，胳膊用力向南北推去。山头晃了两晃。

巨灵身上汗珠哗哗地流，四肢发酸。他歇了一会儿，揉揉胳膊，一运气，手掌骨头咯崩咯崩直响，忽地手指长了几丈长。

于是，巨灵又用大手掌推住两个山头，吸了一口长气，“嗨”的大吼一声，如同万头雄狮咆哮，震得天摇了三摇，地跳了三跳。就在这时，他运足气力，向两边推去。只听得“轰隆隆”一阵巨响，山石裂开。他又赶快用脚踏在中条山上，用手扶住华山，一伸腿，把中条山向北蹬开。两山分开了，闪出一条大沟，黄河水哗地冲过来，在中条山下向东流去。

现在，华山东峰右侧石楼峰的东壁崖上，有五条如同人手指的色带，在青黑色的崖壁上特别显眼，传说这就是巨灵擘山时留下的。

（申法海搜集整理）

李耳铁鞭打黄河

相传在很久以前，李耳治水来到济源一带。他登上王屋山最高的天坛山，朝四面望去，只见近山连着远山，大岭套着小岭。山上松柏翠绿，山沟里泉水奔流，景致美不胜收。

李耳仔细察看眼前的山山岭岭，发现沿太行山南端的凤凰山和王屋山北端中间，是一条深有万丈的大峡谷。谷底宽敞，谷顶两边是只能看见一线青天的山峡。当时，李耳高兴极了。他看中了这条大峡谷，打算从这里把黄河从山西的龙门引过来，再让它流入河南东部平原。

由于他连日治水，奔波劳累，身体非常虚弱，这时，他想在王屋山休息一下。李耳把刚刚引过来的黄河水拦在凤凰山下，就约了一个跟他一块治水的伙伴，在一个山洞里下起棋来。他俩的棋术都很高明，谁也难占上风，下了好久，一直不分输赢。

下着下着，李耳忽然想起自己还没把黄河水引过来。他连忙站起来把棋盘一推，下山去了。当他再到凤凰山上一看，哎呀，不好！原先被引过来拦在凤凰山下的黄河水，已经偷偷地从西面绕过潼关、风陵渡，向东直奔大海。水势汹涌，奔腾咆哮，看样子谁也挡不住它了。李耳心中十分恼怒。他立即生起火炉，拿起铁锤，在自己的膝盖上打成了一根几十丈长的大铁鞭。接着，他拿着铁鞭，迈开呼呼生风的两腿，很快就追上了波涛翻滚、奔腾咆哮的黄河水。李耳冲上前去，高举铁鞭，大喝一声："好一条野水！""啪"地一鞭打下去，直震得山摇地动，吓得黄河水打着漩涡不敢再往前流，翻着滚儿发了岔。从此，黄河被李耳用铁鞭打散以后，就乖乖地往东流去。

听老年人说，现在流经济源的黄河里，有一条十几里长的夹河滩，就是当年被李耳的铁鞭把黄河水打岔以后留下的。滩北黄河岸上有个镇子，叫野水镇。李耳和伙伴下棋的那座山，叫棋盘山。人们从山上过，还能听见李耳的金棋子在里面当啷当啷响呢！

（胡风琴搜集整理）

憨大个垒堤

很久以前，黄河水清凌凌的，浅的地方能一眼看到底。有一段黄河堤很低，到夏季连阴雨天，黄河如涨水，就漫堤成灾，附近的老百姓三年两头逃荒。离黄河堤不远有个村庄，住着一个能举石磙、扛磨扇，个子可顶住上门框的小伙子。他力大心好，为人忠厚，人们叫他“憨大个”。

憨大个凭着自己的气力，拿定主意要把这一段经常漫堤的黄河堤加高。四周是石多土少，他就开山搬石，起五更，搭黄昏，一块一块地运，一段一段地垒。一冬一春，垒高了二尺，夏天几场大雨，黄河涨水，因为堤是用石头干垒起来的，所以水一涨，先是从缝里渗水，越渗越厉害，后来就稀里哗啦被冲垮了。憨大个几个月的心血白费了，乡亲们又受了一场灾。

黄河水一退，憨大个把冲走的石头搬回来，又垒起来。老人们告诉他，光用石头干垒不行，用土和泥，把石头砌起来，堤外边再填丈把宽的土，就结实了。

方圆一二十里，土像宝贝一样，那些每块像巴掌大的地，老百姓全靠它种庄稼糊口，去哪儿弄土啊，憨大个发了愁。

后来，听说河对面翻过一座小山梁，有许多荒着的土地，那里的土又沙又黄，筑堤再好不过了。憨大个自己编了一对两搂粗的大箩筐，天天乘船过河，翻山担土，把土从船上运过来。日日夜夜，担呀，垒呀，下雨也担，刮风也垒，冷也干，热也干；憨大个脚上磨掉了几层皮，肩上的老茧也有铜钱厚，蒲扇大的手上道道血口，眼熬红了，唾沫咽干了……附近的老百姓，也都来搬的搬，抬的抬，垒的垒，黄河堤一天一天加高起来。

有一天，憨大个过河担土垒堤的事传到黄老三耳朵里。黄老三是河对面方圆几十里的一霸，横行乡里，谁也不敢惹他。黄老三领着几个家丁，跑了二三十里，翻了两道岗，过了一条河，到了憨大个担土的地方。他看着这一片好土地，心想叫几个长工一犁，能种好多庄稼哩。

这时，憨大个担着大箩筐三步并两步地走来。刚放下筐，黄老三就老远地吆喝起来：“干什么的？”

憨大个回答：“挖土筑河堤。”

黄老三带着家丁走过去，一把抓住憨大个：“你是哪里的？”

“河对面的。”憨大个一抬手，没用劲就把黄老三推了几尺远。

黄老三稳住神，向前一弓腰说：“这是我黄家的地，不准挖。一筐土一两银子，算算你挖了多少，还我银子。”一个家丁讨好地指着箩筐说：“他的箩筐大，一筐顶五筐。”

“咱不多要，算一筐二两银子吧。”黄老三说。

憨大个看着黄老三蛮不讲理的样子，不把他放眼里，说：“这是荒地，没有写你的名，挂你的牌。”

黄老三哈哈一笑，说：“这里的天和地都是我的，把这家伙给我抓起来！”

几个家丁去抓憨大个，他不吃那一套，叽里咣当打起来。怎奈憨大个寡不敌众，推来拥去，被家丁们抓起来了。

黄老三脸上横肉一抖，指使家丁把憨大个的衣服扒光，捆得牢牢的，抛到地上，扬长而去了。他想把憨大个冻死，临走把那对大箩筐也砸碎了。

天黑了，北风呼呼地叫着，寒气从骨头缝里钻进了五脏，血都成凉的了，憨大个浑身打战，不到半夜，就冻僵了，迷迷糊糊地不知东南西北。恍惚中，一个白胡子老头站在面前，伸手把绳子解开，丢下一身棉衣就不见了。憨大个一睁眼，活动活动麻木的手脚，拾起面前的衣服，穿在身上，一会儿身子就暖过来了。

憨大个看看抛在一边的破箩筐不能装土了，心里一阵难受。空手回去吧，心里不舍得，就脱下外边的罩衫，摊在地上，捧满了土，把大襟袖子一合，掂起来就过河了。到了垒堤的地方，他把衣服放在地上，拽开衣襟袖子，把土捧出来。哎呀，咋捧不完啦！只见衣服里的土呼呼多起来，向一边直流。憨大个惊奇地叫喊起来：“宝衣！宝衣！”他高兴极了，这回不发愁土了，筑了堤，再给乡亲们弄土造些地。一会儿黄土流了二三尺高，憨大个忙说：“够了，够了。”把两只袖子一掂，说也怪，土不流了。他又把两只袖子一掂，黄土又哗哗流起来。

黄老三很快知道了憨大个得宝衣的事，他想，这一带石多土少，要有了宝衣，多变些土，黄家的地就更多了。

天蒙蒙亮，黄老三带领一帮打手，过了河，找到憨大个，开口就要那件衣服：“你那天晚上在我黄家地里，偷走了我黄家的生土宝衣，给我交出来。”憨大个说啥也不交，黄老三的打手们一拥而上，打昏了憨大个，抢走了宝衣。

到了船上，黄老三把衣服小心翼翼地放下来，越看越高兴，就想试试宝衣是咋样出土的。他这儿拽拽，那儿扯扯，一下子把衣服袖抻展了，呼的一声，黄土往上冒，哗哗地向一边流起来。黄老三眯着眼笑起来，突然一个家丁喊起来：“老爷，船吃不住了，快别叫流啦。”这时，船到了河中间，黄土把船压得直往下沉，黄老三越拽土冒得越快，咋也止不住。

土越冒越多，水已上了船帮，黄老三吓坏了，喊起来："快把它扔了。"家丁们没来得及动手，船就沉下去了。

船沉了底，那件宝衣还在不停地向外冒黄土。成年累月，八年、十年、一百年、一千年……黄土越来越多，黄河两边都堆了厚厚的黄土，黄河水带着黄土向下游流，原来清清的黄河水，就变成了浑浊的黄河水。后来，人们一看到黄水，就骂带来祸害的黄老三。时间长了，就骂成："害人的黄沙呀！"

（申法海搜集整理）

邙山箍

波涛滚滚的黄河水，从高原上狭窄的河道里流出来以后，水势很急；等到出了潼关口，让邙山挡住去路，便转个弯，一马平川直奔正东了。

靠黄河南岸邙山下一带村子里的老百姓，就是因为有邙山挡住黄河水，才平安无事地避免了黄河的危害。为这，老乡们还在邙山最高的山头修了一座庙。这座山头地势要高出平地几十丈，从山底下看上去，真像要顶住天了。所以，大家就称这座庙叫邙山顶，也有人叫小顶。人们只要走到庙旁边，就看见脚下一片汪洋的黄水和小黑点子一样的小船了。往河北看，是一眼望不到边的一溜平地；往河南看，是一个挨一个雾蒙蒙的村庄。

有一年夏天，雨水多，黄河发大水，黄水漫出河槽几十里，在北岸，不少庄稼被冲坏了，从邙山往东，两岸淹的地面更大。邙山脚下的水势天天往上涨，水头遇上石岩，碰得“哗哗”直响，浪花能飞起几丈高。日里夜间，波浪滚滚，黄水滔天。远处听去，水声发出“呜呜”的响声，使两岸的人们个个提心吊胆。

一天夜里，邙山顶忽然从顶到底，竖着裂了一条大缝子。几十丈高的山岸，眼看着要塌下来了，这一下，邙山下村子里的老乡们可真慌了：如果黄河水从这里冲过来，山石往下一塌，可就没法收拾了。人人心里急得直冒火。大家多么盼望邙山顶的大裂缝合上呀！可是谁也想不出个好主意。

后来，邙山顶裂缝的消息，传到了鲁班的耳朵里。传说，他修好“赵州桥”后，顾不上喘息，便来到邙山。没多少天，邙山脚下的村子里，就出了一件新鲜事儿：每天夜里，等大家睡了，就听见有人在村子里大声扯着嗓子吆喝：“打盆箍，打缸箍，箍大家伙哟！”这洪亮的声音随着刮来的风声和黄河的水声，高一阵，低一阵，近一阵，远一阵。这声音整夜响个不停，听见的人，都感到非常奇怪。

后来，这洪亮的声音，很快就传遍了各个村庄，可是谁也不在意。

有一天夜里，凉风刮得很紧，村子里一片寂静，喊声又首先在一家住家户门前响起来了。这家有个小伙子还没睡，就偷偷地从门缝里往外瞧。月光下，只见在街道边的一棵枣树下，站着一个黑红脸膛的大个子老头儿，脊梁上背顶大草帽，下巴下一撮灰白胡子，在风里索索抖动。他面前放着一副小炉匠担子，他一边大声喊叫，一边摸弄胡子。

门里的小伙子一看，心里就觉得很别扭。心想，这个卖手艺的老头儿，白天不下乡，半夜三更在村子里直叫什么？嚷嚷得大家睡不着觉！不由得就冲着门外生气地说："哎，你箍多大的家伙呀？什么大？邙山顶大，你箍去吧！"小伙子说完，朝外看看老头儿啥动静。谁知，他朝外仔细一瞧，老头儿却突然不见了。

第二天夜里，邙山脚下的村子里，虽然听不见老头儿的喊声了，却看见邙山顶上有一片照得通天明亮的火光，风声夹杂着震山动地的黄河水声，还有叮叮当当的铁锤声不断传来，但却弄不清楚那里究竟在干什么。

谁知道，天一亮，邙山顶的大裂缝合住了！这一下子，惊动的人可多了。

大家飞跑到邙山顶上一看，果然不假，几十丈高的邙山顶上的大裂缝已经完全合得严严实实。另外，从上到下的山腰上，还整整齐齐地箍上了三道大铁箍。虽说邙山下面黄河的水势很凶猛，却再也不能冲过邙山来祸害老百姓和庄稼了。

老乡们一见这种情况，想起前几天村子里连夜叫喊的老头儿，心里顿时明白过来：原来是鲁班师傅显身手了。

传统戏曲《小放牛》中，有这样几句唱词：赵州石桥鲁班爷修，玉石栏杆圣人留。张果老骑驴桥上走，柴王爷推车轧了一道沟。唱的就是鲁班造桥的传说。

（张振恒讲述，张振犁、王家骏整理）

黄河渡改名君子渡

黄河湾多，渡口也多，流到内蒙古的托克托，黄河向南折了个大陡弯，在这个折弯的地方，有个很有名的渡口，很早的时候叫“黄河渡”。

东汉都城洛阳有个做买卖的人，因儿子好贪不义之财，在本地感到脸上无光，尽管当地小生意能赚大钱，但他不开饭馆，不开当铺，不卖吃穿，搞起了长途贩运。他弄些盐呀、米呀，运到现在的呼和浩特一带换羊皮。因为他听说那里的人以放羊为生，一张羊皮便宜得不值仨核桃俩枣的，就是缺盐缺米。

这个商人每次贩运东西，从洛阳出来，顺黄河南岸走，到潼关拐弯，再顺黄河西岸走，向北一直到黄河渡，坐摆渡船过河就到了目的地。

黄河渡的老船工是个忠厚人，祖辈都靠摆渡吃饭。他从小不管刮风下雨，天热天冷，渡来来往往的行人过河。

这一天，商人把盐和米换来的羊皮用马驮着，扛着换得的几褡裢银子，起早摸黑往黄河渡赶。他赶路心切，一顿舒心饭也没吃，傍晚才到了黄河渡。

老船工招呼商人上了船，还没有开，商人一张嘴，哇地吐了一口血，忽然一头栽到了船帮上。老船工慌了，又是喊又是掐救，忙活了半天，商人也没有醒过来。

船到了对岸，老船工把商人背到自己住的草棚里，忙前忙后，整整伺候了三天三夜。商人一直没有睁开眼睛，没有张口说一句话，胸口微弱的跳动也停止了。

商人一死，老船工作了难，不知道他是哪里人，又有这么多东西，咋办呀？后来，老船工用自己挣的钱，买了一副棺材和一身衣裳，把商人埋葬了，将商人遗留的马、羊皮和银子送回家，严严实实地保存起来。

商人的儿子和妻子在洛阳等呀，等呀，过了一个月不见商人回来。又过了五个月，还不见商人回来。他们等急了，商人的妻子叫儿子去沿黄河寻找他爹。

商人的儿子一边走一边打听，到了黄河渡，他问老船工在半年前见没见一个洛阳商人路过这里。老船工抬头一看，问话人的长相和死的那个商人一模一样。就问：“他是你啥人？”

“他是我爹，来这里做生意，半年啦，没有回家。”商人的儿子说。

老船工一听，哎哟，这一定是那个商人的儿子了。正想说明真情哩，又想：不中，别认错了。又问了一句：“你爹出门时，带的有啥东西？”

商人的儿子把他爹带的褡裢是啥样，啥布做的，身上穿的啥衣裳等说得仔仔细细。老船工一听，泪就流出来了。他把商人死的前前后后的情形说了一遍，商人的儿子一听，感动、悲痛……百感交集，忙跪地给老船工磕头，伤心大哭。

第二天，老船工把商人儿子领到家，将商人的马和东西全拿过来交给他，商人的儿子看着马饲养得壮壮实实，羊皮保存得好好的，心想，天下哪有这样的好人呀！老船工给父亲急救，并埋葬了他老人家，又尽心保存遗物，这个恩情得报呀！他伸手从褡裢里抓出几两银子就给船工。一伸手摸到里面有个本子，拿出一看，是父亲的账本。老船工根本不知道褡裢里有账本，忙说：“你照账上的数，查一查看羊皮和银子以及其他东西少不少？”商人的儿子说啥也不查。老船工生气了，商人的儿子只好查了一遍，羊皮不少一张，钱也不少一文。

商人的儿子十分感动，拿出许多银子要送给老船工，说：“这是棺材钱、老衣钱、养马的草料钱，也是我的一片谢恩心意钱。”老船工分文不要，说：“我从一生下来到现在都喝黄河水，黄河没给我要过一点报酬。我们常说黄河是母亲，我们可不能背叛母亲呀！当初我要是准备要你的钱，就不那样做了。俗话说，在家千日好，出门一时难。一个人一生中谁不出门在外？谁不遇到点难处？助人于危，助人于难，是黄河子孙的美德，见利忘义是小人，见义忘利才是君子。”一席话说得商人的儿子直点头。

商人的儿子回到洛阳，托一个在朝做官的亲戚，把这事上奏皇上。皇上听后，说道：“老船工，君子也。”这件事，一传出去，人们就把黄河渡改名叫君子渡了。

（申法海搜集整理）

跳进黄河洗不清

这是很久以前的事了，黄河北岸五里处有个小村庄，村里有三户姓曹的人家，三家之间的关系不怎么好。

西边的一家，关门过日子，不和外人多来往。主人曹有常出外做生意，生活富裕。

东边的一家，主人曹胡表面正经，暗里偷鸡摸狗、吃喝嫖赌，正事啥都不沾边。

中间的一家，靠种地为生。家中上有老，下有小，虽说家境贫困，可主人曹笑总是乐呵呵的。他爱说爱笑，嘴头有些琐碎，爱唠叨一些不使劲的话。

这天，东方显出鱼肚白，曹有扛着褡裢出了门，准备过黄河去做生意。他老婆把他送到门口，嘱咐说："带的钱多，路上小心。"这时候，曹笑正好一脚门里一脚门外，腰里掖条绳子打算起早去地里把柴火背回来。曹笑嘿嘿一声，对曹有说："哟，钱不少呀，这回要做大生意啰！小心点，别在路上叫人把你劫了啊！"

曹有老婆"呸"地吐了一口唾沫。曹有也不高兴地说："没钱花，给你俩，少败兴。"

曹笑拽拽衣裳，掂掂裤子，走了五六步，回过头信口开河道："老弟，想要钱不作难，我把你朝黄河里一按，钱不就都成我的了？"说罢，乐乐哈哈地走了。

曹笑到了地里，把柴火拾到一起，一摸腰里没有绳。真扫兴，白跑一趟，回家拿绳吧，他也记不准绳子是没带，还是丢了，就一路小跑，顺着黄河堤往家走。想着：大路上万一遇着人，借条绳子先用用，家里还等着柴火烧火做饭哩。

前边下黄河堤，就是去村里的大路，到了拐弯的地方，他突然停住了。河边不远，黄浊浊的水里，有团黑乎乎的东西，看不清是啥。他下堤拐上去村的大路，犹豫一下又回来了。他生性爱管闲事，碰上事不弄清心里不好受。

曹笑站着端详一会儿，哎哟！像个人。他连衣服也没脱，扑通跳进黄河，哗啦哗啦到了那个黑团团跟前，伸手向怀里一拉，娘呀！真是个人，用绳捆着，下边坠了个半截井桩。曹笑把人托到岸边水浅的地方，站稳脚，把乱蓬蓬的头发一拨拉，"啊"地叫了一声，傻了眼。死人是曹有。他想：曹有带钱出门，肯定是有人图财害命。曹有一死，孩子老婆咋过呀！他想着眼里流下了泪。一边解绳，一边自言自语地说：“娘的，抓住凶手得千刀万剐，我得赶快报案。”

这时，突然从河堤外的草丛里钻出来一个人。大喊起来：“快来人呀！这里出人命案啦！”曹笑一看是曹胡，忙说：“咋呼啥，还不快点帮我一把。”曹胡走过去，指着曹笑说：“好你个曹笑，图财害命！”

曹笑说：“老弟，可不能乱说呀。”曹胡怎会听，伸手抓住了曹笑的衣领：“还想不认账，我认得这绳子……”

乡亲们听到喊声，扔下活计，从地里跑来。不一会儿，曹有的老婆来了，看看刚捞上岸的男人，哇地哭了起来。曹胡过来对曹有老婆说：“嫂子，是他害的，我亲眼看见的。您看这根捆人绳……”曹有老婆上去抓住曹笑又是打又是骂，曹笑有口难张，哭笑不得。

很快，地方官把曹笑、曹胡、曹有老婆、死人、绳子和在场的乡亲带到县衙。县官是个糊涂人，听说出了人命案，随即升堂问官司。

曹有老婆上堂一跪，哭喊着求县太爷为丈夫申冤。县官先问曹胡：“曹笑图财害命，你看见了？”

曹胡说：“小人亲眼所见。我清早去地，远远看见黄河堤上有两个人在打，三两下，一个人就倒在地上。我急忙跑过去，离老远就看见曹笑捆曹有。曹笑听见脚步声，就抱着死人跳进黄河，钻进水里躲起来。我到水边，把他硬拽出来。曹笑想跑，我就抓住了他。”

曹笑一听，全是没影的事，说：“大老爷，曹胡是胡说八道，我……”县官“啪”的一拍惊堂木，说：“不要狡辩！从实招来。”

曹有老婆指着曹笑说：“他早没安好心，今天清早，俺孩他爹带钱出门，他看见了，还说：我把你朝黄河里一按，钱不就都成我的了。当时听他这样说，我心里就起疑。谁想他真的干出这伤天害理的事。请县太爷为我做主呀！”说着又呜呜地哭起来。

县官问曹笑：“曹有带钱出门你见啦？”

“看见啦。”

“把你朝黄河里一按，钱不就成我的啦，这话是你讲的？”

“讲是讲啦，那是说着玩的。”

“呔，”县官两眼一瞪说，“什么说着玩的，老实讲你是咋样害死曹有的？从实招来。”

“大老爷，不要听曹胡一派胡言，容小人把实情说一说。”曹笑正要讲下去，曹有老婆又吵起来：“这绳子是曹笑家的，他晒被子时我见过。”

县官叫曹笑看绳子，曹笑说："绳子是我家的。可我……这，这，这是咋回事儿？"

县官说："曹笑，现在人证、物证俱在，你图财害命，罪该万死。"曹笑大喊冤枉，县官厉声问道："你图财害命，又想跳河逃匿，有何冤枉？"

曹笑喊着说："真的不是我害的曹有，我跳进黄河是为了捞他。"

曹胡说："你是推下曹有，又跳黄河！"

后来，县官动了大刑，曹笑被折腾得死去活来，屈打成招，画了供，被押入囚牢。

曹笑在牢里，越想越冤，只怪自己跳进黄河管闲事招来横祸，不跳进黄河怎会有这事哩。

不几天，呈报的死刑批文下来了：曹笑图财害命，钱和褡裢没有查到，证据不足。县官又提审曹笑，追问钱和褡裢下落。曹笑知道无处诉说，免得皮肉受苦，就乱编了一通："在黄河堤里边，水面下，我塞个木橛，褡裢在上面挂着。"曹笑心想：我胡编口供，看你县太爷找不到褡裢咋办？

第二天，县太爷亲自到了黄河堤上，在出事的地方，找来找去，果然在水面下有个木橛，上边挂着褡裢，里边还有钱，褡裢在水里浸着不仔细看很难看见。

曹笑听说在自己胡讲乱说的地方，真的找到了褡裢和钱，连惊带气，昏了过去。

这究竟是咋回事？原来，清早曹有在门口和曹笑说的话全叫曹胡听去。他起了歹意。曹有和曹笑前脚走，他后面就出了门。走了几步，拾了一条绳，是曹笑拽衣裳掂裤子时掉的。他绕近路，先到上黄河堤拐弯的地方躲起来。一会儿，曹有上了河堤，曹胡在后边把他打翻，曹有一翻身看见是曹胡，正要喊叫，曹胡呼呼两拳，把曹有打倒在地。

曹胡本想一下把曹有打昏，劫走钱算了，不料一拳没打昏，又被曹有看清了自己，怕他醒过来报案，就一不做二不休，用拾来的绳子把曹有一捆，坠上石头，推入黄河。刚推进黄河，他听见有人来，就藏在草丛里。要是曹笑走过去，不跳河捞人，他啥事也没有。曹笑跳进黄河，捞出曹有，还说要千刀万剐凶手。曹胡又恨又怕，案发了咋办？曹胡脑子里一闪，来了主意，就钻出来，来了个嫁祸于人。

自判曹笑死刑，曹胡生怕有变故，用钱买通了一小衙役。曹笑在堂上的口供，衙役告诉了曹胡，曹胡连夜把褡裢挂好，专等县官去找。

乡亲们都不信曹笑是凶手，不过这有人证、物证，又找到了赃证，满身是嘴也说不清呀！后来，曹笑上法场的时候，乡亲们和孩子老婆都来为他送行。曹笑流着泪痛心地说:“只为跳进黄河,遭了这不白之冤,永世洗刷不清。父老乡亲们! 我冤枉呀!”乡亲们也都哭起来,说:“这才是好人死在证人手,跳进黄河洗不清呵!”

从此,“跳进黄河洗不清”,就成为虽有冤枉但无法查清的一句俗语流传下来了。

(申法海搜集整理)

口若悬河"薄嘴片"

过去，有个外号叫"薄嘴片"的人，能说会道，能把死蛤蟆说成美天鹅，能把兔子说得长出翅膀来飞。他不务正业，游手好闲，靠相面、算卦、年历风水、点穴地，哄钱过日子。时间长了，三里五庄的谁也不信他了，他就到外地串游，卖嘴混饭。

这天，薄嘴片来到黄河岸边的小王庄，肚里饿得咕咕叫。正在这时，过来几个人，提着饭菜和馍匆匆走着。他闻着饭菜香，差点伸出手来抓点饭菜吃。他一问，原来是给黄河岸上垒堤的人送的饭，便跟着上了黄河堤。

薄嘴片慢慢悠悠走，仔仔细细看，又点头，又皱眉，对着黄河故意说："这里不用垒堤！"干活的人停下手，准备吃饭，觉得来人古怪，看他那身打扮，不像个凡人，就把他请过来，又是让吃饭，又是说好听的。薄嘴片也不客气，狠狠吃了一肚子。

薄嘴片吃过饭，一抹嘴，侃开了。他滔滔不绝地讲了一通，连说带比画，只讲得嘴挂白沫。人们好不容易找个缝，插口问他："你说这里为啥不用垒堤？"

薄嘴片指指东，点点西，什么金木水火土相生相克，什么前三皇后五帝的御封，什么这里的风水气脉好，天文、地理、历史说了一大套，说来说去，最后说"别看黄河水大，这里保险没事，甭费劲，回家歇吧。"人们不太信他的话，相互看看，谁也没动。薄嘴片为了叫人相信，又扳指念口诀，叽咕了半天，算来算去肯定地说："没事，没事，这里保险不会出事。"

这时候，一个白眉白胡的老头嘲笑薄嘴片："黄河在地上流，又没挂在你嘴上，你能保它的险？"

薄嘴片不甘示弱地说："能啊！黄河就在我嘴上挂着，我说咋地就咋地，不信走着瞧。"薄嘴片的话没落音，只听得呼呼啦啦一阵响，不远的地方塌了堤，大家忙喊："决口了，快点堵！"

小王庄挨了淹，庄稼和房屋被大水冲了个精光，人们只得逃荒要饭。

秋天，薄嘴片又在黄河边的张庄耍他的嘴皮，不住口地说他的话咋灵，算得咋准，哄人骗饭吃。他说张庄不用加高堤防，保险没事。人们问他为啥。他把理由说了一条又一条，引经据典，振振有词，天花乱坠。他在河堤上不停地唠叨了一顿饭工夫，叮叮咣，咣咣叮，云天雾地说得人们恍恍惚惚。有个小伙子听得不耐烦，对薄嘴片说："你真能说呀！河水也有干的时候，你的话却讲起来没完，不渴吗？"薄嘴片才不管话是啥味哩，接着又讲起来："夏天，我在小王庄，告诉他们要赶快修堤，这里要出事，他们不听，结果黄河决口受了一场灾。今天我在这里一看，就知道没事。这是天定的，我算的，阴阳五行文王八卦里早说过，大禹说过，龙王说过，书里写过……"他正天南海北漫无边际地胡说八道，挤进来一个老头。老头挟着要饭碗，白眉白胡。薄嘴片一看，老头怪面熟。

这个老头说："黄河在你嘴上挂着哩？你说咋就咋？"薄嘴片眨眨眼，想不起在哪儿见过老头，嘴一张，两片薄嘴片吧嗒起来："黄河如在我嘴上悬着，我咋说它咋听，我咋唱它咋哼，我一张口它能出来跑，我一闭嘴它就挤眼睡……"

老头打断了薄嘴片的话，对众人说："他嘴上悬着黄河，黄河就在他嘴上，走到哪儿哪儿得小心倒霉。闹水灾得先从他嘴上闹，决口得先从他嘴上决。"

薄嘴片听出来老头的话里有刺，就说："我会说，你眼气怎么的？"

老头说："你口悬黄河，到处泛滥，害人不浅。我今天要治治你的嘴，把黄河从你口里摘下来。"

薄嘴片问："你个穷要饭的想干什么？"

老头说："我这个小王庄的要饭老头，要治你这个薄嘴片。"说话不及，几个小王庄的年轻人掂着一桶屎倒在了薄嘴片身上。老头一摆头，薄嘴片被糊了一嘴屎。老头指着薄嘴片说："我叫你口若悬河！"薄嘴片又是吐又是掏，舌头伸出来老长，呸呸直吐，众人哈哈大笑起来。

（申法海搜集整理）

蔡寡妇搭天桥

蔡寡妇的丈夫生前是个船工，有一身好水性，在黄河里来往摆渡行人。这里是有名的刘家峡河段，谷深崖陡，水急浪大，羊皮筏子摆渡行人，常常出事，不少人因此沉入河底，葬身鱼腹。有一天，蔡寡妇的丈夫做了个梦，梦见在河两边的山崖半腰上飞架起一座天桥，来来往往的行人在桥上走来过去，再也不害怕落水了。他看着看着高兴地笑了起来，在睡梦中笑出了声，醒后他告诉妻子说："峡谷上架个天桥就好了。"从此，他整日想着怎样才能搭起一座梦里见过的天桥。有一天，他爬上山崖去察看地形，寻思着搭天桥的办法，一不小心，摔下山崖，掉进了黄河里。

丈夫死在黄河里时，蔡寡妇已怀有身孕，想想惨死的丈夫，想想肚里的孩子，她扑在黄河边哭了三天三夜。

此后，蔡寡妇拖着笨重的身子，走东串西，靠要饭谋生，饥一顿，饱一顿。她强撑着熬了一个月，一场大雨，冲塌了她住的茅屋。走投无路时，她忍着悲痛，扛着大窟窿小眼睛的破棉被，找了个山洞住了进去。

远近百姓们都知道，蔡寡妇是个长得丑、心地善良的人，都尽力帮她。

蔡寡妇知道丈夫是为了想搭起梦中见到的天桥而死的。她就天天想，要是真能搭个天桥多好，也可了结丈夫的心愿。

蔡寡妇的肚子一天天大了起来，走路越来越艰难。她讨饭除顾眼前吃外，还得剩些碎米碎馍，准备生孩子时吃。

一天，天快黑了，她怀揣着几块碎馍，掂着一罐剩饭，回到了她住的洞口。正要进洞时，隐隐约约听到阵阵哼哼声。她忙放下饭罐，顺声音找去，找到一个瘦得皮包骨头的年轻姑娘。

蔡寡妇费了很大的劲，喘着粗气，扶起这个姑娘。姑娘四肢瘫软，眼也不睁。蔡寡妇连扶带拖，到了半夜才把姑娘带回山洞里。她点着柴火，把剩下的饭温了温，给那姑娘喂了半碗。姑娘睁开了眼。蔡寡妇问她是哪里人，为啥倒在山上？姑娘一言不发，只是说饥。蔡寡妇把积攒的碎馍剩饭，都给姑娘吃了，她还是说饥。

蔡寡妇眼里含着泪说："姑娘呀，我实在是没有半星米面了，你忍一下吧，明天我去给你讨饭吃。"姑娘点点头，闭眼睡了。

第二天天还未亮，蔡寡妇就起来了，把自己铺盖的破被给姑娘盖上，掂起饭罐，摸摸索索出了山洞。她挺着大肚子，跑到晌午，才讨了一罐饭和两疙瘩馍。自己一口没吃，掂回山洞，喂了姑娘。这样过了几天，姑娘渐渐有精神了，能坐起来了，能走路了。可蔡寡妇越来越瘦了，有气无力，两眼塌坑，脖子上的筋也崩得老高。

姑娘要走了，对蔡寡妇说："你真是个心善的人，我住在河对岸，过河探亲，生了病，不是你救了我，早就没命了。我咋样谢你呀！"

蔡寡妇忙说："别那样说，你能回去，高高兴兴见着爹娘，我就高兴。"

第二天，蔡寡妇照样早早起来去要饭，等她晌午回来，那姑娘已经不见了，洞中央放了个破碗，里边放满了银子。她赶快出来又喊又叫，四下里连个人影也没有。她看着银子想，一定是姑娘留下的，这银子不能要，得给她送回去。

蔡寡妇坐羊皮筏摆渡过了黄河。到了河对岸，她才想起来，姑娘没留下村名，去哪儿找呢？

其实，这位姑娘是观音菩萨派来的一位仙女。人们都说蔡寡妇人丑心善，观音菩萨要试试她，结果一试，蔡寡妇果真是个善良人。

蔡寡妇在河边没了主意，自己拖着个身子咋找那个姑娘呢。正发愁，肚里一阵阵疼起来，怕是要临产了，只有回去了。这时变了天，乌云翻滚，霹雷闪电一个接一个，狂风吼叫着，羊皮筏子像一片树叶漂在激流上，呼地扔在浪头上，唰地又甩在浪底下，随时都会被扣过去，让河浪吞没。筏子上的人们个个脸色苍白，魂早吓飞了。

筏子到了河中心，风搅雨，雨拌风，猛然一个丈把高的大浪向筏子扑来，人们啊地叫了一声，撕人心肺，闭眼等死。正在这生死关头，一道闪电划破天空，传来震撼山石的喊声："船呀船，不要翻，上边坐着蔡状元；船呀船，稳当当，上边坐着状元娘！"随着喊声，顿时风平浪静，那个大浪头也飞向了一边。乌云散了，天气晴了。

过了河，大家要谢蔡状元。哪有蔡状元呀！问来问去，问到蔡寡妇身上，大家见她怀孕将产，又姓蔡，都跪下来谢她，说她怀的一定是个贵人。

蔡寡妇在山洞里生下了孩子，人们给她送来衣服和吃的。没出满月，蔡寡妇抱着儿子仍是四处要饭。几年过去了，儿子长得聪明伶俐。长到十五岁就想进京赶考。

儿子要去赶考，没路费盘缠。后来，孩子发现了那碗银子，就要拿去当盘缠。蔡寡妇就对他说："孩子，这银子是人家的，早晚要找到那姑娘，归还人家。咱还是另想办法吧。"

晚上，娘俩依偎着正睡，山洞里亮了，蔡寡妇睁眼一看，那个姑娘进了山洞。她赶快把那一碗银子捧起来，说："姑娘，这银子还给你。"姑娘说："银子，我不要了，让孩子用吧。"蔡寡妇无奈，就叫儿子带上银子，进京赶考去了。

儿子走后，蔡寡妇天天想、夜夜盼。一天天过去了，还是没有一点音信。后来她病倒了，躺在山洞里，一转眼就是三个月，四肢无力只剩下了一口气。

这一天，蔡寡妇琢磨自己不行了，泪不住地流，怕临死不能再见儿子一面。她正伤心，忽然听到叫"娘"的喊声，进来个穿红袍戴纱帽的人。这是蔡寡妇的儿子中状元回来了。

儿子进洞就扑在娘身边，眼泪止不住地流。

蔡寡妇气息奄奄，她睁开眼，嗫嚅地说："回来就好，娘不行了。"

蔡状元说："娘，你老有啥吩咐？"

"孩子，你爹为搭天桥而死，娘只想，你当了官，在这黄河上架个天桥，别叫老百姓为过河弄得家破人亡吧！"蔡寡妇嘱咐完，合上眼，咽了气。

后来，蔡状元在这里搭了一座天桥，穷苦的老百姓再也不用坐羊皮筏子过河了。虽说这天桥是蔡状元架的，人们仍然念念不忘善良的蔡寡妇，都说这天桥是蔡寡妇架的，还在她住的那个山洞里塑了她的金身，为她烧香上供。

（申法海搜集整理）

传遍黄河栗大王

在黄河上驳船拉纤的船工，没有不知道栗大王的。

栗大王名叫栗毓美，他在家上学时，父母托人给他说了一门亲事。那姑娘姓张，生在三月桃花盛开的时候，取名张桃花，俊俏无人比得上。人说天上的仙女就够美了，她比仙女还漂亮几分，这门亲事两家都很满意，栗家说寻了这么个打着灯笼难找的好媳妇，是栗毓美的福气；张家说桃花找了栗毓美肚里这样有墨水的女婿，真是鸳鸯配成对，龙凤结成双，美上加美。两家老人乐得合不拢嘴。

栗毓美和张桃花订婚后，到乡里去上学，恰巧和张桃花的弟弟张桃叶在一个学校，同桌共读，同房同住。一个是姐夫，一个是妻弟，两人和睦相处。学校里的大学长是个贪色的纨绔子弟，他看上了栗毓美的未婚妻，就起了歹心，要害死栗毓美，强占张桃花为妻。

一天晚上，天上只挂着几个星星。栗毓美和张桃叶关门熄灯躺下后，不知为啥，张桃叶咋也睡不着，睁着眼，心里闷得发慌，闭上眼就做噩梦。张桃叶对栗毓美说："哥，我在这床上睡不着，心里只发毛，咱俩换床睡吧。"

"中。"栗毓美说，"我的床在窗户下通风凉快，你来我床上睡吧。"两人换了床，就呼呼地睡着了。半夜时分，大学长手拿尖刀，溜着房檐下，蹑手蹑脚地摸到栗毓美张桃叶住的房下，像狗一样竖起耳朵听听，屋里除一阵阵"呼噜呼噜"的鼾声外，一点动静也没有。他早弄清栗毓美住在窗下，轻轻推开窗扇，向床上瞄瞄，举起尖刀，对准床上人的心窝狠狠地扎下去。张桃叶哼都没来得及哼一声就死了。大学长溜回屋里，喜得鼻子都扭歪了，悄声自语说："栗毓美这小子一死，张桃花就是我的人啦。"

第二天早上，天刚灰灰亮，栗毓美起来叫张桃叶一块读书。"桃叶，天亮啦，起来读书吧。"叫了两声，张桃叶没回音，栗毓美下床去推他，手上抹了一手黏糊糊带腥味的东西。栗毓美趁着窗外透过来的光亮一看，只见张桃叶心窝上插着一把刀，鲜血浸透了床上的铺盖，地下也有一大摊血，栗毓美吓得惊叫一声："妈呀！"面无人色，昏倒在地上。苏醒过来时，才变声失调地呼喊："来人呀，桃叶被人杀啦！"喊声撕天裂地，惊醒了住校的学生，大家一齐跑来。大学长正在被窝里做着和张桃花拜天地的美梦，听到栗毓美的喊声，心里猛一咯噔，惊坐起来："怎么啦，栗毓美没有死？"接着，大学长两只老鼠眼上下一扑闪，一条毒计又涌上心头："好小子，不铲除你姓栗的，张桃花就到不了我手……"大学长定了定神，挤进乱哄哄的人群，抓住栗毓美的衣领，说："栗毓美，你别贼喊捉贼啦，张桃叶同你住在一间屋，不是你杀的是谁杀的？大家看看，他手上还沾着血哩。"他一煽动，几个人把栗毓美送进衙门。糊涂县官一审三问，大学长又暗里捣鼓，栗毓美被判了死罪，打入死囚牢里。

栗毓美的未婚妻桃花姑娘听说弟弟被杀，未婚夫被当成杀人凶手判成死刑，气得眼冒金花，水米不搭牙，哭得死去活来。她恨死杀弟弟的凶手了。桃花姑娘想呀想呀，栗毓美为人多好呀，姐夫咋会杀死小舅子呢？正当桃花姑娘百思不解的时候，大学长托人上门说亲来了。桃花姑娘的爹娘见儿子死了，栗毓美打入死囚牢，人命关天，早晚也得死，就忍气吞声把桃花许配给了大学长。不久，大学长就与桃花成了亲。

桃花姑娘身嫁了大学长，心却向着死囚牢里的栗毓美，暗暗寻访杀死弟弟的凶手——诬告栗毓美的人。

一天，大学长喝醉了酒，对桃花姑娘撒泼卖野，说："要不是我杀死你弟弟，诬陷栗毓美是杀人凶手，你咋能跟我过呢？"桃花姑娘一听，原来杀死弟弟的凶手，诬陷未婚夫栗毓美的仇人，就是与自己同床合被的大学长，羞恨难忍，趁大学长酒醉未醒之机，跑到衙门申冤雪恨。

桃花姑娘救出未婚夫，为死去的桃叶报了仇，就上吊死了。栗毓美出牢后，感谢桃花为他申冤救命之恩，立志不娶，发奋读书，后来当了黄河水利防护道台。

栗毓美当黄河道台后，日夜筑堤修坝，认真治理黄河，救济灾民百姓。死时，他叫人们把他埋在黄河边，头枕黄河大堤，看着滚滚东流的黄河水。

有个开封的要饭老头，怀念栗河台治河的功绩和好处，用几块碎砖头在他坟前垒了个小庙，一日三次给他烧香磕头，说他成了黄河的大王啦。从此，人们就把栗毓美称为"栗大王"。这样一来，他治河的事迹越传越神了，河工上黄河就请栗大王保佑一帆风顺，在黄河里遇到风浪搁浅，也求栗大王保平安。

传说有一次黄河决堤，新任河台合不住口，河工们说："栗大王灵得很，求求他准能合龙。"新任河台就面对栗毓美的坟跪下来祷告说："栗大王，你若在天有灵，让我堵口合龙，我给你修庙塑金身。"后来，在决口的地方游出来一条水蛇，新任河台说："栗大王显灵啦！"决口慢慢合龙了。不管是不是栗大王显了灵，河工们一传十，十传百，栗大王的事传遍了万里黄河。

（申法海搜集整理）

传奇千古卧牛城

站在黄河大堤上，遥望古城开封，整个城的外形活似一头卧牛。西北高，好像牛头北视黄河；东南低，宛如牛尾轻扫绿野。说起这座城市的来历，还有一段传奇般的故事哩！

当年，开封紧靠黄河，地势低洼，杂草丛生，是块人迹罕至的烂泥塘。春秋时，立都荥阳的郑国逐渐强大起来。郑庄公是个目光远大、年轻有为的君主。他招贤纳士，励精图治。这年初夏，他为了寻找建仓屯粮之地，亲自率领随从沿着黄河东下，风餐露宿，来到这里。

郑庄公立马高岗，放眼一望，只见薄雾弥漫，白茫茫一片，死一般沉寂，让人感到分外的神秘和恐怖。大将子布上前禀报："大王，前面无路可行，请命驾回京。"郑庄公扬起马鞭一抡，呵呵大笑："此处乃中原大地腹心，日后兵家必争之地。地锁南北咽喉，横贯东西命脉，是建仓屯粮、养兵御敌的好地方！"谋臣祭仲捋着黑须，频频点头："大王独具慧眼，果然是块宝地。"郑庄公眉飞色舞，命子布将军前面探路，大队人马开进烂泥窝。

到处是泥沼，越走越艰难。忽听一声狂叫，只见子布陷入深潭。一眨眼工夫，坐骑只剩了个脊梁。几个将士上前搭救，也被陷在那里，动弹不得。多亏祭仲大夫急中生智，让把长矛接扎起来作扶手，轻拉慢拽，折腾到夕阳西下，才把他们几个救出泥沼，只是损失了几匹坐骑。人马疲惫不堪地回到高岗上，个个成了三花脸，泥人儿。郑庄公双眉紧锁，问道："你们谁熟悉这块地方？"一个面目憨厚的士兵上前拱手道："大王，听老人传说，当年禹王爷治黄，把水妖河怪撵得无路可逃，它们就躲藏到这烂泥窝里苟且偷生。大禹归天之后，它们又开始兴风作浪，祸害生灵，把这里搞得乌烟瘴气，飞鸟不敢落，野兽四处逃……我爹不相信，想闯进这鬼沼开荒种地，一来就再也没有回去……"

说话间，狂风骤起，飞沙走石，人们紧闭双眼，耳边只听呼呼作响，犹如群魔乱舞，恰似鬼哭狼嚎，叫人浑身起鸡皮疙瘩。风沙过后，众将士心有余悸，环跪在郑庄公脚下，恳求收回王命，另择吉地建仓屯粮。郑庄公迟疑不决，目视祭仲。祭仲道："请大王暂回京城，从长计议。"

一行人垂头丧气折向西行。没走多远，郑庄公一勒缰绳，慨然道："天赐宝地，我如果迟疑不前，必为他人所占。小小水怪，有何惧哉？"他"唰"地抽出宝剑,厉声说:“再有言退者,斩!”说着掉转马头,扬鞭奋蹄,飞驰而回。

回到高岗,郑庄公下令将士就地安营扎寨,并让祭仲日夜兼程,回京征调民夫上阵。

一场战天斗地、开挖泥沼的艰巨工程开始了。夏午,烈日当头,挥汗如雨;秋夜,雷电交加,暴雨倾盆;冬晨,朔风怒号,地冻三尺;春晚,阴雨连绵,泥浆翻滚。人们泥里爬,水里滚,饥寒交迫,瘟疫流行,兵士和民夫死伤无数。可是,黑水淘干,黄水泛出,一年辛苦,泥沼依旧。帐篷里纷纷传言这是水妖暗中作怪,人心浮动,郑庄公一筹莫展。

夜半更深,郑庄公辗转反侧,难以入眠,索性唤起祭仲陪同,巡视营地。他见人们正围坐一堆,生篝火闲聊天,便停下脚步倾听。一个满面红光、须发皆白的老人声若洪钟,侃侃而谈:“天庭里有只神牛,专管人间的农牧渔桑,日夜操劳,勤勤恳恳。它最体恤老百姓的疾苦,涝了,就把害水吸进肚里,旱了,又把甘霖撒向人间。它有四个儿子,按大小叫长江、珠江、黑龙江、黄河。有一年,雨神嫌玉皇大帝赏赐少了,嘴上不说,心里别扭,就不按章法,胡乱行云布雨,害得人间旱涝不均,颗粒无收。神牛见老百姓怒气冲天,就派三个儿子下凡,调剂水情。它知道小儿子黄河脾气暴躁,香臭不分,独独把它留在身边……”后生们听得有滋有味,谁也没留神身后还站着两个人。老人继续说:“不料,黄河早就想到人间风光风光,便趁神牛上殿奏本的机会,偷偷跟在哥哥后面,混出了南天门……”那个面目憨厚的士兵着急地问道:“以后呢?”老人叹了口气:“黄河从小娇生惯养,想咋着就咋着。如今没了管教,便在人间胡作非为起来……”他向远处瞥了一眼,别有深意地说:“听说黄河和水怪还是磕头拜把子的干兄弟哩,两个狼狈为奸,一起作恶……”

郑庄公心中一动,疾步走到老人面前,长揖到地,恳切地说:“老人家,您有何降妖驱魔的妙计,不妨直言。”老人长髯飘洒胸前,朗声笑道:“大王,俗话说‘射人先射马,擒贼先擒王’。治理泥沼,千万别忘了它背后的黄河。地脉西来,河高沼低,黄水暗中渗入,永无枯竭之日……当年,鲧治水到处围堵,禹治水因势利导。成功之道,在于审时度势,该堵者堵,该导者导……请大王三思。”郑庄公低头徘徊,蓦地豁然开朗,转身要向老人致谢,谁知白发老人已渺无踪影。他惊讶得合不拢嘴,祭仲上前悄声道:“我冷眼旁观,白发老人仙风道骨,超凡脱俗……”郑庄公恍然大悟:“一定是禹王爷显灵,特地来点化咱们……”消息传开,群情振奋。第二天,兵分两路,祭仲带人沿河筑堤,切断水源,子布指挥顺着地脉,挖沟排水。这一招果然灵验。不久,泥沼干涸,露出沃土,人们脸上泛起了笑容。

泥沼里的水怪开始根本没把这些凡夫俗子放在眼里，放心地睡大头觉。现在看到人们真要端它的老窝，不禁大怒，便施展浑身解数，呼风唤雨，兴妖作怪。瓢泼似的暴雨，连降三日，干地又成一片泽国，军民的血汗全泡了汤。

这一来，将军子布吃不住劲了，和几个心腹军校一嘀咕，全副戎装，手持武器，深夜闯进了军中大帐，对郑庄公实行“兵谏”。郑庄公睁开双眼，寒气逼人的刀剑已经架在脖梗上，惊问道：“将军意欲何为？”子布眼露凶光，厉声道：“昏王，你执意在此建城，劳民伤财，寸功皆无。如下令撤出，你我还是君臣。不然的话，莫怪我手下无情！”几个亲信也嚷成一片：“我们宁愿驰骋疆场，马革裹尸，也不愿在鬼沼泽地再待下去……”郑庄公是个硬汉子，面对刀剑，眼也不眨，义正词严地说：“军民开发此地，建仓屯粮，此乃千秋大业，必将名垂青史。开弓没有回头箭，尔等休想得逞！”子布面现杀机，剑尖直逼咽喉：“昏王，你莫后悔！”郑庄公仰天长啸：“山高九仞，功亏一篑，我死不瞑目！”在这危急关头，帐外一片呐喊之声。子布情知有异，慌忙出帐观看，只见灯笼火把把大地照得如同白昼。无数手持木棒、长矛的民夫和士兵把大帐围了个水泄不通。原来，那个面目憨厚的士兵发现子布一伙鬼鬼祟祟，图谋不轨，便秘密通知大夫祭仲率领军民前来救驾。子布吓得浑身哆嗦，手脚俱软，长剑“呼”地掉落在地。人们一拥而上，把一伙叛贼捆绑起来。郑庄公喝道：“将他们押回京城，听候发落。”又转向帐外的军民，慷慨激昂地高举双臂：“如今排涝迫在眉睫，连夜开工，降妖除魔！”

众志成城，无坚不摧。东方发白，积水已被排除干净。水怪正等着看笑话，不料事与愿违。眼看无法存身，一面向黄河求援，一面做垂死挣扎。正当军民欢呼雀跃之际，忽然，眼前黑烟弥漫，腥风阵阵，一只鱼头蛇身的巨怪腾空而起，张开血盆大口，发出瘆人的怪笑。军民毛骨悚然，四处逃避。再说黄河，自打经过大禹一番调教，老实了许多，但他劣性未改，旧病常发。它见自己的狐朋狗友有难，怎肯袖手旁观，立即派出鱼鳖虾蟹推波助澜，前来助战。天上是水怪张牙舞爪，地上是洪水咆哮泛滥，人们只有闭眼等死的份儿。

蓦地一声惊雷，云开雨住，一头金光闪闪的神牛出现在空中。它浑身乌黑，独角朝天，怒吼一声，四蹄生风，朝水怪冲来。水怪毫不示弱，掀起巨浪上前迎战。双方你来我往，直杀得天昏地暗，日月无光。神牛瞅准机会，奋力冲去，独角刺中鱼头，污血飞溅，水怪惨叫一声，栽进泥沼，被神牛踩了个稀巴烂。这时，水借风势，风助水威，黄水呼啸着，铺天盖地倾泻而来。神牛不慌不忙，朝着黄河“哞哞”呼唤。黄河正在洞府打盹儿，猛然听见母亲的声音，慌忙传令撤兵。他心中有鬼，也没脸来见母亲。神牛见黄水“唰”地退了下去，便发出胜利的长鸣。它又俯首把地上的积水“咕咕嘟嘟”喝了个精光，才缓缓卧下身子歇息。

人们仿佛在做噩梦。不知过了多长时间，不听动静，才纷纷睁开双眼，抬头观望。呵！阳光灿烂，鸟语花香，大地一片锦绣。神牛不见了，泥沼也不见了。站在高岗上一看，绿茵茵的草地，西北高，东南低，中间宽，两头窄，好像一头巨牛卧过。郑庄公带领大家跪在地上，顶礼膜拜：“我君臣军民一片至诚感动了上苍，特派神牛下凡降伏了水怪。我们决不辜负皇天厚恩，永留此地，男耕女织，繁衍子孙！”人们欢声雷动，立即动工，在神牛卧过的地方破土建城。城建好后，郑庄公取“开拓封疆”之意，取名叫作“开封”，可是老百姓一直叫它“卧牛城”。

据说，神牛生怕黄河再祸害百姓，就没有返回天宫。俗话说：“儿大不由娘。”黄河断不了使性子、发脾气，神牛管教不了，就向人类报警。每到汛期，黄河出现险情的时候，古城百姓常常听到牛叫，震天动地，彻夜不息！

（李程远搜集整理）

洋人摆手成石头

黄河缓缓流过兰州以后，河床突然见陡，水流骤急，汹涌澎湃，唯有羊皮筏敢过。据乘筏路过此地者称，每到此时，筏头前倾，几近陡立，令人魂飞魄散。片刻，流速减缓，不觉已置身十里之外，方知虚惊一场，感觉如同坐上空中飞车。这个形势险峻的地方叫红石峡，峡中急流中央，有块儿房子大小的礁石，被人们俗称为“洋人摆手”。

相传有一天，几个高低不齐、胖瘦不一、穿着花布衫、挂着望远镜的洋人，沿着黄河这瞧瞧那看看，说是来帮助中国人治理黄河的。其实呢，他们是听说红石峡里有金子，来捞金子的。

几个洋人顺着黄河走了几天，累得腰酸腿痛，直喘粗气，看看地图，红石峡还有几十里。洋人们发财心切，叽哩呱啦吵着，咋样能走快点呀！

正在这时，上游腾云驾雾般地飞过来一只小船，洋人一见，高兴得嗷嗷乱叫，一个细高个儿的洋人，从怀里摸出火药枪，砰的一枪打中了一个船工，船工啊了一声栽到河里，血把河水都染红了。船上的另一个船工，气得眼里冒火，要和洋人拼命，船舵一磨靠了岸。船工还没有把船拴稳，几个洋人就顺着河坡下来了，通通跳上船，用枪逼着，要船工把他们送到红石峡。船工二话没说，吐口唾沫，搓搓手，紧紧腰，把船头一调，顺水飞起来，洋人高兴得哈哈大笑。

不一会儿，船进了红石峡。几个洋人一看，吓呆了，河两边是看不见的高山，河身只有几丈宽，河岸边横七竖八的尽是怪石。河中左一块，右一块，不少石头露出了水面。黄河水到这里像发了疯的野兽，打着旋儿向前窜，比箭飞得还快。浪头打在岸边和河当中的石头上，啪啪地溅起几人高的水柱，像是从河底纵出一条条水龙，洋人们抱在一起，怕碰上河中的石头，个个出了一头虚汗。

船工不慌不忙地驾着船，看着洋人们鼓肚凹腰的样子，心里打定了主意。前头水最急的地方，有块巨大的礁石，平日里船工们到这里总是绕开走，今天，这个船工驾着船照准礁石冲去，忽然，船工一跃，跳进了黄河。啊呀！洋人们叫起来，还没等他们醒悟过来，咣！船撞在巨石上。

站在船前边的那个细高个儿洋人，手脚还麻利点，看着不行了，呼地跳到礁石上，另外的几个洋人还不知是咋回事哩，就跟着船一起粉身碎骨，被漩涡吞没了。

跳到礁石上的那个洋人，一天一夜才稳住了脚。站在礁石上，四下看看，乖乖！水那个急劲、猛劲叫人发晕。后来，每逢河里过船，洋人就摆手招呼，喊着叫人来救他。他天天摆手，天天吆喝，谁也没有把船驶近他，天长日久，黄河水把他冲刷成了一块摆手样子的大石头，人们便把这块石头叫作“洋人摆手”了。

（申法海搜集整理）

挑动黄河天下反

元代末年，皇帝昏庸无能，整日吃喝玩乐，不理朝政。天下贪官污吏横行霸道。老百姓身上的苛捐杂税像山一样重，像牛毛一样多，被压得直不起腰，喘不过气，百姓们都暗自祷告，愿上天显灵，改朝换代，叫元代皇帝早日完蛋。

这时候有两个叫刘福通、韩山童的人，见饥民越来越多，官府越来越狠，就串乡走村，明里讲，暗里说，挑动老百姓起来造反，反抗元代皇帝。

多少年来，造反是要被杀头的，刘福通和韩山童活动了好长时间，也没能把人聚在一起。

一年，黄河在山东决了口，汹涌的黄河水一下子淹了几百里。本来在火坑里受罪的老百姓，又进了水坑。淹死的、饿死的、冻死的、病死的，查不清，数不完。

这天，皇帝由五六个美人陪着正喝鹿茸人参汤，太监送来一个紧急奏章。奏章上说黄河在山东决口，十万火急！皇帝漫不经心地说："决口有什么关系，不就是水流出来了。"太监见皇帝不当回事，忙说："万岁，天下百姓会借此造反的！"皇帝一听造反，手直打战。他天不怕，地不怕，就怕不能当皇帝，于是着急问太监："那咋办？"

太监出主意说："派人治河堵口，收买人心。"

皇帝说："国库里空空的，没钱呀！"

太监说："向百姓摊派，增收治黄捐。"

皇帝听了太监的话，派贾鲁去治理黄河。

决口大，灾情重，从安徽、湖北、河南、河北抓夫、派丁，集中了十几万人，到山东堵口治水，皇帝又派来了好多军队，暗中监视，怕民工闹事。

刘福通和韩山童见黄河决口，百姓们到了无路可走的地步，就商量起造反一事。刘福通说："现在民怨沸腾，只要咱前边一喊，后边准有人跟。"

韩山童不同意，说："眼下黄河决口，咱再起义，两处一挤，治黄不成，对老百姓没有好处。皇帝老儿已下旨要治理水患，现已聚集了十几万人，咱不如也去修堤治水，混在民工中，暗中策动，等待时机，再举义旗。"韩山童说服了刘福通，两个人混在治黄民工里，上了黄河大堤。

贾鲁治黄很坚决，不过他不考虑百姓们的死活，不顾耗费大量的物力，硬着头皮堵口治水。十几万人干了五六年，治水成效不大，老百姓可被坑害苦了，今天增捐，明天加税，后天要东西，家家是缸光坛净，断了炊烟。

堵决口，贾鲁用的是沉船法，把一只大船装满石头，十几个人撑到决口处，把船弄沉，沉下一只，再沉一只，一只一只向上垒，用这个方法堵口，死了许多人。

转眼过了七八年，水患渐渐下去了。这时候是民穷财尽，十几万人没吃没穿。贾鲁要进一步整修黄河大堤，写奏章向皇帝要银子、要物料。皇帝手里啥也没有，就下旨向黄河沿岸的老百姓征派。那些大大小小官员、衙役、士兵一齐动手，没钱就拿东西，没料就掀房，黄河两岸上下几百里呼天喊地。民工们越想越怒，自己在外面治黄受罪，家里还要受欺压，逼得个个家破人亡，不少人吵嚷："不叫活啦！干脆反了吧！"

刘福通和韩山童看机会到了，和几个心腹弟兄密议造反。这时候，民工中传出一句歌谣："石人一只眼，挑动黄河天下反。"一传十，十传百，很快传遍了黄河上下。

第二天，皇帝收到奏章，他一看修河民工中流传了"石人一只眼，挑动黄河天下反"的歌谣，虽说不知道这话是啥讲究，不过有个"反"字，就说明事情不妙，有人要造反，于是不管三七二十一，先下手为强，当夜下旨抓人。

黄河堤上一夜没安生，官兵跑来跑去，抓了许多有造反嫌疑的人。皇帝密令，把抓来的人就地扔进黄河处死。

刘福通找来平时谈起造反来随声附和的一些人，对大家说："时候到了，咱马上起义！"

这时，一个民工三步并做两步地跑来，说："被抓走的乡亲，都捆着押上了河堤，眼看要向黄河里扔，得赶快救他们！"刘福通猛地站起，胳膊一抡说："官逼民反，不怕死的跟我走。"这时一个弟兄跑来说："快去看看吧，我们挖土，挖出来个大石人。"韩山童说："真的？啥样？"这个人说："一只眼，头上包着红绸巾。"大家听了一震，韩山童一挥手，说："看看去！"大家都跑过去了。

黄河堤下起土的一个坑里，人围得里三层外三层，议论纷纷，这个说："真是怪事呀！"那个说："怪啥？元该完啦。"

刘福通、韩山童拨开人群进去。地上躺着一个三尺长的石人，手举大刀，额头正中有一只眼，瞪得圆溜溜的，头上缠一块红彤彤的方巾。韩山童把石人扶起来，指着石人吆喝说："这是上天显灵，早就有人说'石人一只眼，挑动黄河天下反'，今天应了。有上天神灵保佑，造反准能成功。元要完啦！时机已到了，要吃饭的，要活命的，咱造反啦！"

人们一听，对呀！该是反的时候了，要不是天上神仙显灵，怎么会出来个一只眼的石人呢？刘福通见大家摩拳擦掌，跃跃欲试，喊了声："救乡亲们去!"大家跟着一阵呐喊，奔上黄河大堤。

元的官兵团团围着一群捆着的民工，刽子手们穿着红衣服，等着一声令下，向河里扔人，突然"救乡亲们呀""元要完啦"的喊声惊天动地，民工们举着铁锨、扁担像黄河开了口，一下子涌了过来。

黄河堤上一场厮打，起义民工越来越多，终于打败了元的官兵，救下乡亲们。

韩山童撕下一块红布，将石人头上包的红巾给了刘福通，两人把红巾包在头上，韩山童说："咱学石人，红巾包头，起义军就叫红巾军。"

黄河堤上显石人，挑动治河民工造反的事，像风一样，很快传遍了好几个行省。处在水深火热中的贫苦百姓纷纷响应，参加红巾军，举起造反大旗。这支起义军没多久就聚集了几万人，声势浩浩荡荡，成了元末强大的农民起义军。

原来，那石人是刘福通和韩山童事先找人雕好，偷偷埋在地下的。

（申法海搜集整理）

许三本赌头封堤

清代雍正年间，有一次黄河在封丘县荆隆宫决了口，黄水像猛虎下山一样嗷嗷叫着冲出大堤，直朝北流，淹了村，冲了地……

雍正着了急，担心黄河淹北京，淹他的金銮殿，连忙拨出十万两银子，派一个姓朱、一个姓杨的两个大官为河防总督，去封堤堵口。

朱、杨两个人，平日里坑害百姓，贪赃枉法，这回他们带上了银子，感到真是发财的好时机，心里美滋滋的。两人到了封丘县，挥霍银两，寻花问柳，对封堤的事只雇了几十个民工应付。整整三年，决口也没有堵住封上。

民工没明没夜地在水里泡了三年，今儿没这，明儿缺那，他们恨透了朱、杨两个人。百姓们常年受洪水磨难，看河防官吃喝玩乐，无恶不作。告朱、杨的状纸和奏章越来越多。皇上就把两个人召进京，问黄河封堤的事。两个人在金銮殿上东拉葫芦西扯瓢，编了一堆不着边的理由，哼哼哈哈，哈哈哼哼，把皇上讲得迷三倒四。皇上见没啥说了，就问："再用多长时间可以封住口？"

朱、杨两个人眼一眯，好像金銮殿上没一个人了，大声说："再拨白银八千两，三年后可封口。"

皇上没啥好办法，只好答应，刚要张口，只听一声喊："万岁！不可再拨银两！"随着喊声，许三本上了金銮殿。

许三本是新乡县西店封村人，原叫许作海，在京里太白寺做官。他官不大，爱管闲事，好打抱不平。他曾一天奏过三本，人们都戏称他为许三本。

许三本说："我一两银子不要，三个月可封堤。"雍正一听，怪便宜，蛮高兴。这边朱、杨两个人把牙咬得咯嘣响，好你个许三本，想拆我们的台呀！两个人在皇上面前一跪，说："臣封口三年，日夜操劳，用上了吃奶的劲也没封住。他许三本能三个月封堤，哼！尽是欺君之谈。"

许三本也跪在皇上面前，硬邦邦地说："叫他们交出库存银两，我三个月准能封堤。"

"你封不住。"朱、杨两个人眼都红了。

"我封住了咋办？"许三本不慌不忙地问。

"你能封住，我们叫你把头砍了。你哩？"

许三本立即道："好！如果我封不住，叫你们把我头砍三截。"

雍正来了个火上加油，说：“对皇上说话要算数。”朱、杨两个人本是想说点硬话，吓吓许三本，谁知许三本不吃那一套，事到如今，当着满朝文武，不能向后退，两个人硬撑着和许三本立下字据。

很快，许三本打赌的事传到了封丘，封堤的民工一传十，十传百，全知道了。许三本带着一头肥猪，一只老羊，到了荆隆宫堤上。他对民工们说：“三个月封了口，咱杀猪宰羊庆贺。封不了口，你们把我的人头送给朱、杨。”说罢，亲手砍下猪、羊的头，扔到决口里。民工们俩一堆，仨一伙地说：“拼上命，脱层皮，说啥也不能叫许老爷输了。”

许三本封口的办法与众不同，他指挥着在决口处打木桩，不远一个，不远一个。又派了一些年轻人，披星戴月去山西运铁锅，然后把铁锅底砸个窟窿，锅口朝下，把窟窿套在木桩上，一个一个向下放，铁锅冒出水面再填土。不到一个月，木桩打好了。第一趟铁锅运来了，放下去，填上土，决口小了。第二趟铁锅运来，决口就能封住了。

朱、杨两个人听说许三本把猪头、羊头扔到决口里，明白这是拿定主意要杀他两个。又听说用铁锅封堤见效，一天一个样，马上就封住了，两个人心里发毛，想了半天有了个孬点，找几个水性好的心腹，去山西劫运铁锅。

两月零二十九天的时候，堤口差丈把宽就封住了，黄水在窄口里流得更急更凶了。铁锅运不来，许三本急得团团转。这时候朱、杨两个人来到堤上，看着黄水从丈把宽的口里向外涌着，心里明白，铁锅运不来，看你许三本咋办！朱、杨两个人对许三本说：“三个月就要过了。”

这时忽有人报告说，运锅船半路被劫。许三本听罢一想，便知是朱、杨搞的鬼。许三本瞧瞧朱、杨两个人，眼里冒火，心一横，喊了一声：“来人呀！把这肥猪、公羊扔到口里！”人们早恨透了这两个家伙，许三本话音没落，“噌噌”，过来几个人，把朱、杨一拧，三扯两拽，塞进麻包里，“扑通、扑通”抛到还没封住的口里，大家又抢着填了一阵土，口全封住了。

许三本回京交差，对皇上说，照打赌的规矩，把朱、杨杀罢了。雍正一听许三本来了个先斩后奏，有点生气；怎奈许三本封住了决口，立了功，也没啥说的了。

（申法海、胡佳作搜集整理）

兄妹探寻澄沙珠

不知道是多少年前的事了，人们说昆仑山顶、瑶池水底下，有颗澄沙珠。能得到澄沙珠，扔到黄河里，黄水就能变清。前前后后，有许多青年壮士，武侠义勇，去昆仑山寻找澄沙珠，谁也没有回来，都死在昆仑山下了。

后来，黄河岸边有兄妹三人，大哥叫勇，二哥叫明，小妹叫丽。三个人商量好，要去昆仑山瑶池水下找澄沙珠。

兄妹三个人朝西一个劲儿地走呀，走呀！一路上采野果，挖野菜，喝露水，睡山石。翻了九百九十九座山，蹚了九百九十九条河，走了九十九天，到了昆仑山下。

三个人太累了，在一块山石上坐下来歇息。突然一阵阴风吹来，接着是时隐时现的低声哭泣和怪叫声。小妹妹一惊，心里发怵，说："大哥，这是啥声音？"

大哥勇是个胆大的人，一欠身就朝传来怪叫声的地方走去。二哥明拉住妹妹跟在后边，走有半里路，在一片直上直下的峭壁下，有一个尺把宽的缝道，缝道向上斜着，看不到头，缝道前不远是个深坑，坑里填满了尸体和白骨。妹妹忙捂住了脸，叫起来："哎呀！吓死人了。"阴风和哭泣声都是从坑里发出来的。

这时，身后传来冷笑声："嘿嘿！坑里的人，都是找澄沙珠的。"三个人回身一看，不远处站着一个白胡子、长眉毛的老头。二哥明是个见识广的人，忙走几步，"扑通"一声跪在老头面前，说："仙长，请指点登山取澄沙珠之法！"大哥和小妹也过来跪在地上。

白胡子老头说："澄沙珠是西天王母的珍宝，取珠得九死一生呀！"

二哥仰起头说："黄河水浑，吃不能吃，用不能用，年年淤积河床，决口成灾，沙碱淹盖良田，百姓深受其害。恳求仙长怜悯百姓，指点引路，我们愿以死换回宝珠。"

白胡子老头见三人心诚意坚，就一挥手扔给他们一只闪闪发光的玉镯，说："这是翻水宝镯，先到东海，扔下玉镯，求见龙王，借来分水剑，方可登山取珠。"说着白胡子老头就不见了。

兄妹三人连明搭夜走了一百天，到了东海，把宝镯向海里一抛，海水立即像开了锅，浪头紧着翻，一阵呼呼响声过后，一群虾兵蟹将、龙子龙孙拥着龙王从海里冒出来了。

龙王问明兄妹三人是来借分水剑的，看看小妹丽，要用分水剑来换丽当他的小儿媳。

大哥勇火了："你儿子是个丑八怪，不行！"

龙王哈哈大笑，说："那我回龙宫了。"二哥一想，不能叫龙王回去，就喊住了他。二哥看看妹妹，咋能叫妹妹嫁小龙娃呢？再说，一进龙宫，就永世见不着妹妹了，这咋办？龙王又摆出要走的架势，这时，小妹妹向水里走去，对龙王说："我依了你，把分水剑拿来吧！"勇和明齐声喊着："妹妹！回来！"龙王叫虾兵上岸送出来分水剑，回身拉住丽，一个浪头，海上啥也没有了。勇和明看看分水剑，望望海水，哭叫了半天，没一点应声，无可奈何，只有走了。

兄弟俩回到昆仑山下，到了那条缝道前，又遇上那个白胡子老头，老头说："这缝道是登山之路，小心上边有千斤坠石，得到宝珠，一天内要赶回黄河，宝珠不能离水太久。"两个人一听，愁了：这一天咋能回去呢？就求仙长帮忙生法，白胡子老头扔下一粒仙丹，说："得珠后，吞下仙丹，化为大鹏，自可赶回，不过，成鹏后，再不可化为人形。"一阵清风，白胡子老头不见了。两个人争着要拿仙丹，争来争去，明抢到了手。

两个人紧了一下衣裤，勇在前，明在后，到了缝道下，勇一提劲，抬腿上了缝道的岩石上，明跟着跃了上来，明还没有站稳，头顶上呼噜噜一声巨响，一块和缝道一样宽的大石头，顺着两边山石，哗的坠下来。勇一回身，喊了声："弟弟！快！"一把把明推了出来。"咔嚓！"坠石把大哥勇砸死了。

明擦干泪，咬着牙，顺缝道一步一步攀呀！登呀！爬呀！三天三夜，到了昆仑山瑶池边。用分水剑分开一条路，到水底，取出金光闪闪的澄沙宝珠。明不敢多待，忙吞下仙丹，霎时脚上轻，背上重，一会儿长出了翅膀，变成了一只大鹏。明把澄沙珠放到嘴里噙着，扑棱棱展翅飞起来。

这时王母正在西天巡游，一眼看见澄沙珠被盗，就张弓搭箭，"嗖"的一箭，射中大鹏。

明中了王母神箭，忍着疼，又飞了一百里，头一栽，"啪"的摔在大山上，噙着的澄沙珠也摔碎了。从此以后，再没人去找这颗宝珠了，但三兄妹为澄清黄河而献身的故事，却一辈一辈传了下来。

（申法海搜集整理）

秦始皇修金堤

黄河南迁后，故道北岸留下一条大堤。这条大堤从修武、获嘉、原阳、延津、滑县，一直到濮阳，名叫金堤，都说是秦始皇修的。几千年来，黄河无数次决口泛滥，大水向北流，往往过不了金堤。金堤保护老百姓不受水害，也真立了汗马功劳。

秦始皇为了稳固江山社稷，采用了“北抵匈奴修长城，南御黄河筑金堤”的主张。传说，修筑黄河大堤时，就是叫金堤的这条大堤，秦始皇派了心狠手辣的官员去当河官监工。他是三天两头到筑堤的工地，催促监督快点把大堤修筑起来。

工地上筑堤的民夫和百姓们很苦很累。秦始皇有个“定时针”，天天把太阳定在中午时分，太阳不落，大天老明，人们就得干活。一天顶两天干，挖土要跑很远；挑土，河官赶着跑；打夯，夯比人还重。这么重的活，吃的又不好，谁也受不了。百姓们也知道修筑黄河大堤对百姓有好处，开始还能咬着牙忍着饿拼命干，时间一长，挺不住了。

监工的河官个个如狼似虎，对干活慢，停下来歇歇，说累叫苦的民夫，先是鞭抽棍打，谁敢顶撞一句，就捅刀砍头。民夫们只是暗中骂，合伙照管着偷偷歇，有的趁机逃跑。

有一天，民夫们从土中挖出来一头铁驴。这铁驴和真驴一模一样，还是白蹄，驴背上还有一条拳头粗的铁棍。河官们不知挖出铁驴是凶是吉，就连忙奏报给秦始皇。

秦始皇想，这铁驴啥意思，有啥用，是不是叫百姓们像驴一样干活，赶快把大堤筑好。可这些天民夫们天天吵吵累，光想歇不干活。秦始皇眼珠一转，来了主意，下了命令：“把铁驴放好，啥时驴叫，就叫大伙歇。”

民夫们一听说，明明是个铁驴咋会叫哩，这分明是要苦害人呀！有个年轻胆大的民夫，心里早是一肚子怨气怒火，啥铁驴叫，纯是骗人欺人。他的火气冲铁驴来了，举起铁驴背上的铁棍，照铁驴砸去，要砸烂这铁驴。谁知道咣当一铁棍下去，铁驴一抖，呱呱叫起来。铁驴的叫声很大，十里八里听得清清楚楚。胆大的年轻人喊了声歇，民夫们纷纷停下来，躺的躺，坐的坐，歇息起来。河官赶忙向秦始皇报告。秦始皇没法了，自己是皇上，说过啥时驴叫，就叫大伙歇，金口玉言，不能不算数。

从此，民夫们只要干活累了，就用铁棍打铁驴，一打驴就叫，大伙歇足歇够再干活。尽管民夫和百姓对秦始皇一肚子怨恨，可知道修筑了黄河大堤，能保住房屋田地不受水淹，不用逃水灾要饭，还是尽力干活，很快这条大堤就修筑好了。这大堤就是金堤。

（王霞搜集整理）

喊堤

过去,黄河北岸,从武陟到获嘉,再到新乡县,再到延津、卫辉,有条大堤,叫古阳堤。传说,有一年黄河向南滚了五六十里,就留下了这条大堤。黄河南移之后,这条大堤没用了,天长日久,这堤就成了断断续续的,一段有,一段没,成了后人怀古的遗迹了。

新乡县的这段古阳堤,百姓们又叫喊堤。为啥叫喊堤呢,有这么个传说。

明代的时候,黄河北岸三年两头决口,水灾把新乡这一带害苦了。官府是年年加固修理北岸的大堤,可不知咋回事,就是口照样决,水照样淹。

这一年,雨期快要到了,官府又从各地征集民工修护黄河大堤。一转眼,过去三个月,修堤工程完工了,新乡这一带近处的民工都回家了,还留下近百个河北的民工在大堤上。一是他们家远无法回去,二是官府还要在堤上留人护守,万一决口没人咋办。他们守的这段堤离村庄五六里。在大堤上很苦,吃不好,睡不好,时不时又下雨,有些人就病倒了。他们个个想亲人,盼着早点回去。

有一天,从河北来了一群人,有三四十个,老的老,小的小,还有不少年轻媳妇。他们是结伴来找修黄河大堤的亲人,有的是来找儿子的,有的是来找孩子爹的,有的是来找丈夫的。他们都是穷人,就先借住在一个小村里。

官府知道了来找人的事,就毫不客气,派兵把村围了,不准他们去堤上找人。

村里的人把河北来的人们当亲人待,管他们吃住,给他们想办法咋样和堤上的人见面,找到自己的亲人。官兵围村一围就是十几天,村里人和河北的人都急,和官兵的头头咋说都不行,不准去堤上找人看人。

天也难为人,下雨不停,人们难为死了。一天晚上,一个河北来的老太太想儿子真是想疯了,就跪到村口一个高土台上,扯着喉咙一声一声喊着儿子的名字,叫道,“根！儿呀,你在哪呀,答应娘一声,娘看你来了!”这老太太喉咙都喊哑了,谁也劝不住。眼看着老太太站立不住了,这时,突然隐隐约约传来声音:“娘,我是根,别操心我,我会回去的！您保重自己!”

老太太听到儿子的回声,停了哭泣。又有几个村里的人劝说,老太太回去了。这村离大堤五六里远,喊声咋会传到黄河堤上呢！原来是村里的人见老太太哭得心疼，就想了个法子，叫一个年轻人跑到村外边，答应了老太太的喊声。

这一来，村里人有了法子，不叫人去堤上找，喊总行吧！第二天，村里找了一二十个年轻力壮，声音洪亮的年轻人，不远一个，排到堤上。先叫一个蓬头散发的年轻女人喊。她在一个高岗上喊道："花妞爹，我是你女人，找王树根，听到回我一声。"喊声向南传，第一个听到的，照样向南喊；传到第二个人那里，再向南喊。这样喊着，一个一个传下去，传到黄河大堤上。大堤上有个人，就叫王树根，就一声一声向北喊："花妞娘，我是王树根，……"就用这种喊话传喊话的办法，一天，有十几个找到了亲人；就用这种喊话传喊话的方法，相互说了话。

这种用喊话亲人见面的办法，兴许是感动了天神。这天夜里，突然狂风大作，呼呼的风声，哗哗的水声，天摇地动，天明了，人们发现黄河向南滚了，堤上的河北民工不用护堤了，和来找的亲人们都回河北去了。从此，人们把这一段大堤叫作喊堤。

（中一、王霞搜集整理）

不捞财物只捞人

黄河大堤外不远处有个小村庄，这个村里的人都是靠水吃水，除了种地，就是在黄河里以打鱼为生。这个村在一个土岗上边，虽说黄河经常决口，洪水一淹就是上百里，可这个村从没被淹过，顶多就是水把村围住，人出不来。

这个小村东头有两间破烂不堪的草屋，住着母子二人。老娘两腿有病，不能走路，只能爬，有时一犯病，就起不了床。那年黄河决口，老娘和男人困在一个船里顺洪水而下，在船上生下儿子。儿子就叫船妞。船被河坝拦住，男人下船求救，一步没站稳，跌进黄河，被大水冲走。母子二人随后被这里的人救下来，就在这儿安了家。

这一天夜里，又是风又是雨，黄河水一会儿一个样地涨，大堤护不住了，就决了口。娘俩在破屋里只听外边轰轰隆隆的大水声，娘咕哝道："黄河又决口了，不知道又要死多少人呢！"

船妞一夜没睡，天刚亮，就出来看看，外边是看不到边沿的黄水，卷着浪头向东流去。

天明了，老娘对船妞说："儿啊，撑船去看看，上边村里的屋呀，人呀，又遭殃了，冲塌房，冲跑人，去看看吧！"船妞说："娘，你千万别动，我去看看，捞几根木头、门窗把咱的房修修，兴许还能捞点值钱的东西！"娘还没听完就急了，说："儿啊，记住，不捞财物只捞人，救人要紧！"

船妞撑船在洪水里刚到村头，水中漂的门窗木材打着旋旋下来。黄河大水把上边的村庄一窝全端了，只要是能飘的东西，水里都有。

船妞本想捞点能用的东西，可娘的"不捞财物只捞人"的嘱咐在心里。正在这时，突然看到远处水中有个人扒着箱子，一起一伏飘来。船妞一看是人，就撑船去救。船走不远，水打着旋下来，把船冲得转圈。船上下左右颠簸，船妞立不住站不稳。只见这时，扒箱那个人，手一松，箱子冲走了，人在水中只能看见头发。船妞顾不得了，纵身跳入水中，凭着一身好水性，游到那人身边，伸手抓住那人，又挺身截住漂来的船，一手扒船一手拽人，顺着水势，飘到水边的一棵大树那儿，二人又被村里的人从水里救出来。

落水者是个女人，已奄奄一息。船妞不由分说，背着救的女人回了家。原来这个女人还是个姑娘，家离这里一百多里，父亲是个老中医，姑娘跟着父亲给人看病。黄河决口，一下子把姑娘和父母三口一起冲走了，姑娘扒着箱子逃过了一劫。

把姑娘救过来，娘叫船妞把姑娘送回去。姑娘呢，家没了，父母也淹死了，船妞和老母亲对自己又这么好，就不走了。后来，这姑娘就嫁给了船妞，又看好了娘的病腿，一家三口过得和和睦睦。

（中一、王霞搜集整理）

三娘子庙的来历

南乐县城西北,有座三娘子庙。现在这里是黄河故道,过去这庙紧靠黄河。为啥百姓在这黄河边盖了个三娘子庙?有个凄美的三娘子救乡亲的传说。

那一年,好端端的黄河水突然暴涨,一天一个样。黄河边村庄的乡亲们都上了黄河大堤,把大堤加高加固,以防黄河水漫堤和冲堤决口。

村里有户人家,老两口和一个女儿。女儿十八岁,长得亭亭玉立,要样有样,要身材有身材,又聪明又能干。这女儿是老两口的三妞,前两个女儿都被黄河水冲走了,剩下这女儿成了娇宝贝,老两口叫她三娘子。

三娘子的老父亲在河堤上担土干活。晚上三娘子趁着月光,担着饭菜去大堤上给父亲和乡亲们送吃的。三娘子等父亲和乡亲们吃完,又挑着担子回来。

三娘子离开大堤不远,前边月光下站着一个女子,像是在等她。这位女子拦住了三娘子,对三娘子说,她是王母娘娘派下来的仙女,因三娘子有灾难,特下凡来救。三娘子忙问到底怎么回事,要仙女讲清楚。

仙女对三娘子讲了事情的原委。这段黄河里住着一条黑龙,平时这黑龙恃强霸道,常常惹是生非。黑龙看中了三娘子的美貌,要娶她为妻,又怕三娘子不答应,就设法要抢三娘子拜堂成亲。黑龙要施法,搅动黄河水猛涨,明天就要黄河决口,冲庄淹地,趁机把三娘子抢走。三娘子一听黄河明天要决口,胆战心惊,问仙女该咋办,得救乡亲们呀!

仙女说,王母只让我来救你,没说救乡亲百姓之法。现在也顾不上那么多了,只要你能逃生就行,救你也是你家三代行善积德所致。仙女说着又讲了救三娘子的方法。仙女给了三娘子一束荷花,叫她明早天刚亮时,还来到这里,挥动荷花,喊三声"神灵救我",仙女就会现身,就会带着三娘子飞升上天。最后,仙女告诉三娘子,这是天机,不可外讲泄密。

三娘子回到家,翻来覆去想咋办,明天黄河就要决口,乡亲们是大难临头,怎忍心自己去逃命,父母咋办,乡亲们咋办?

半夜,父亲回来了。三娘子对父亲说:"爹,我看这黄河水要一直涨,明天有决口的危险,不如现在去召集乡亲。先离开村,找高地方躲躲洪水吧!"父亲说:“你这妞,咋说这话,乡亲们一条心,大堤加高了,夯实了,决不了口,安心睡吧!”三娘子心里乱糟糟地睡不着。天还没亮,父亲起来,又和乡亲们上大堤了。

三娘子一早离家,带着那枝荷花急忙忙去昨天见仙女那地方。没走多远,就听到大堤上人们喊起来:“不好了,大堤要决口了!”人声吵吵一片,只听轰一声,大堤塌了个大口子,黄河水冲出来,眨眼间冲向村庄。四周遍地是水,一会儿洪水就淹过了膝盖。

这时,三娘子来到昨天那地方,喊了三声神灵救我,一阵清风,仙女现了身,喊道:“三娘子,快随我走!”三娘子向仙女走了几步,看着汹涌的黄河水,三娘子又犹豫了,我一走得救了,父母呢,乡亲们呢,我不能只顾自己不顾父亲。仙女又喊三娘子,不要犹豫,再迟疑就走不及了。

三娘子一横心,说:“我得救乡亲!”没有走向仙女,而蹚着水向黄河大堤上跑去。仙女没办法了,眼看洪水越来越大,她化为一阵清风,腾飞上天了。

三娘子跑到黄河大堤上,对着决口喊道:“黑龙呀黑龙,你要真心相中我了,要娶我为妻,不要伤害百姓,快让大水退去!”三娘子话刚落音,只见黄河水呼呼呼退去三尺深,决口处向外流的水少多了。这是黑龙在试探三娘子。三娘子也心知肚明,黑龙不得手,不会退去洪水。这时三娘子又喊道:“黑龙,我嫁你是诚意,你必须退了洪水!”

三娘子的父亲和乡亲们知道了内情,父亲抱着三娘子大哭:“妞啊,你不能去,不能嫁给这黑龙!”谁料,父亲的话一出口,哗一声水涨上来,决口的水轰隆隆向外冲。

三娘子知道只有自己能退去洪水,推开父亲,说声来生女儿再孝敬您,纵身跳入黄河。转眼间,黄河水退去,决口处一阵晃动,决口没有了。

传说,黑龙得到三娘子,二人成亲。三娘子整天教育黑龙要多行善不作恶。从此,黑龙改恶从善,这里的黄河再没决口。

三娘子跳河舍身救了乡亲,乡亲们感激敬重她,就在黄河边三娘子跳河的地方,建了一个庙,塑了三娘子像,每到三娘子生日和她跳河日,来上香摆供,敬奉三娘子。这庙就是三娘子庙。

(中一、王霞搜集整理)

武大个学艺

离黄河岸边不远有个小村庄，村里有户姓武的人家。这家有个儿子，个子长得高，人们都叫他武大个。

武大个从小就想学练武。开始家里人说他小不让去，长到十五六岁，挡不住了，给他些路费，武大个摸到少林寺，拜师学武艺。

师父把武大个带到一大堆砖头前，离砖头丈把远是片空地。师父在空地上划了个大圆圈，叫武大个把砖头一个一个扔到圆圈里。武大个觉得这扔砖还不简单，不料扔了一会儿，腰酸胳膊疼，扔不动了。连着扔了五天，才把那一大堆砖头扔完。

师父一看扔完了，又在原来放砖头的地方划个圆圈，叫武大个重扔回来。武大个一肚子不高兴，这是学啥武艺呀，可又不敢不扔。

又是五天，武大个把砖又扔回来了，想着师父该教武艺了。师父来了，问道："扔了几天？""五天。"师父嗔着脸说："重扔回去，四天扔完，超过四天挨打。"武大个心有不满，也不敢不干，四天把砖扔完。师父看也不去看，说了句："重扔回来！"武大个又一块一块把砖扔回来。三个月过去了，武大个扔起砖来，毫不费力了，胳膊是越扔越有劲。武大个心想，师父是在叫俺练胳膊呀！

师父来了。武大个说："师父，教徒儿武艺吧！"师父说："今天开始教你新的招数。这一堆砖你给我一天扔那边圆圈里。"说罢师父就走，连头也没回。武大个虽心有不满，但自己是徒弟，师父的话不能不听，不能不干，就又扔起砖来。原来几天才扔完，现在一天扔完，就得快扔，这一快，胳膊又酸疼起来。又是一个月，一天扔过来，再一天扔回去，武大个轻松多了，想着，师父该教真武艺了吧。谁知，师父拍拍武大个肩膀说："扔得不错。今天开始，上午全扔过来，下午全扔回去。扔吧！"

武大个一听真有点不高兴了，说："师父，这天天扔砖练的是啥武，有啥用？"

师父说："不想扔就回家。"武大个不敢多说了，咋也不想回家呀，只有扔吧。

看着武大个扔砖头，沙沙沙，这哪是扔砖头，快得看不清，一块砖头在武大个手中就像一根筷子。这一扔又是几个月，武大个来学武一年多了，就是扔砖头，真有点不想学了。

这天师父问武大个还想学不？武大个扑通跪下来说："师父，教我学点真本事吧！"师父说："行，明天开始练真招！"

第二天，师父又把武大个领到扔砖头的地方，把圆圈划成方块，对武大个说："从今天开始，把砖扔过来，要一个一个摞起来，五块砖一层，扔完了，砖垛要四方四正，不能松动翻倒。"这可难为了武大个，扔砖好练，这要把砖一扔就摞好码规矩，那可不是一天两天的功夫。

转眼半年过去了，这砖咋也扔得摞不成方方正正的。武大个说这武艺太难学了，也难练成，不想再练下去了，趁着一个夜里，跑了。

武大个跑回家，赶上雨季黄河水暴涨。村民们知道他们村那里河堤易决口，就在堤上事先准备了许多石块、砖头、装土的麻袋，准备抢险堵口。

黄河还真在这里决了口。洪水从决口处直溜溜窜出来，虽说准备的有堵口的物料，可咋弄到决口的地方呢！治水的官员和村民河工商量不出啥好办法。

这时候，武大个站出来说："这好办，只要把堵口的砖石运到堤上，我向里扔。"大家听了，有点信不过，这堵口的石块、砖头可不是一车两车的，靠人扔行吗！武大个叫大家一定相信他，没问题。

没承想，一堆堆的石块、砖头、麻袋，武大个扔起来快如飞，还扔得准，都堆在决口处。就这样，二三十个人搬运石头、砖头，供不上武大个一个人扔。又加几个人搬运，武大个整整扔了一天一夜，硬把决口堵住了。大家伙又抬土夯实，把这一段大堤弄得结结实实，再没从这儿决过口。

决口堵住了，武大个才悟出练扔砖还真有用，就又回去学武。

（中一、王霞搜集整理）

徐有贞做梦堵口

明代时候，黄河在和运河的交汇处决了口，把河南台前和山东挨着的几个县都淹了。河防官堵口一下子堵了好几年，都没堵住。黄河水把这一带老百姓淹惨了。

徐有贞这人，在朝里也算是个大官，个子虽矮可十分精明，天文地理、阴阳五行、兵法水利，没有不知晓的。他在朝里当官，主张经常和别的官员不一样，使官场里的人不高兴。黄河一决口几年堵不住，也不能眼睁睁看着黄河水一直乱流。皇帝在朝上要再派人去堵口，一大堆官员推荐徐有贞去，说他懂水利，去了一定行。

徐有贞领旨到了台前，先转来转去察看水情，又听了前边治水堵口官员堵口的情况，而后定下堵口办法，领着河工和百姓没日没夜地干起来。大家伙拼着命干了一个月，眼看着决口就要堵住了，哗啦啦！决口处抢修起的堤坝全坍塌了，黄河水又猛地窜出来，一会儿决口又冲成了原来的样子。

徐有贞眼看着就要堵住的决口又垮了，心里奇怪，这天没风又没雨，水流又不太急，咋会正堵着，又垮了呢？堵口的河工们告诉徐有贞说，这些年老是这样，眼看要堵住了，说塌就塌了。徐有贞左右寻思，找不出这决口堵不住的原因，晚上饭也吃不进，想来想去就坐在椅子上睡着了。一会儿，听到有人喊他，徐有贞睁开眼一看，面前站个白头发白胡子老头，这老头说这决口下有个洞，洞里有条龙，在找大宝珠玩，没有宝珠，你堵不住口。徐有贞施礼问道："我去哪里弄宝珠呢？"老头说："宝珠是找不到，不过世上，事事真真假假，就看你怎么办了。"徐有贞有点摸不着头脑，不知道话是啥意思，正要再问个明白，一阵火过来，老头钻进火里，吓得徐有贞一声惊叫，醒了，原来是做了一个梦。徐有贞醒来，知道这是仙人来指点自己堵口治水。他反复琢磨梦境，有了主意。第二天，徐有贞弄来炼铁大炉，搜寻来许多碎铁，开炉炼铁，把铁水浇铸成大圆球。没几天，铸了好多好多大铁圆球。这一天，徐有贞指挥着把大铁圆球向决口处扔下去，还别说，这决口下真有一条龙。这龙看着水中落下来的大圆珠，黑亮黑亮的，以为是宝珠，高兴得不得了，吞了一个，又抓住一个，高高兴兴从洞里走了。一时间,黄河里风平浪静了。徐有贞又指挥着把一个一个大铁圆球砸进龙洞里,把这龙洞砸了个严严实实。徐有贞又叫大家扔石头填土,决口很快堵住了。

(中一、王霞搜集整理)

三过家门而不入

大禹在治理黄河洪水时，曾三过家门而不入。大禹的舍小家为天下，一心为百姓，决心治理好黄河的美德，在黄河岸边传颂了一代又一代。

那时候，黄河还没有河道，河水是没边没沿横七竖八乱流，一到雨季，中原地方四面八方遍地黄水，人们没法过日子。

传说，大禹刚结婚娶了媳妇没多久，舜帝就向大禹传了帝命，让他立即去治理洪水，把黄河管好。大禹知道治水的重要，是为救天下老百姓，也知道黄河水的厉害，难以治理，父亲鲧就是因治黄河水患不得力而死的。

大禹一心继承父志，把洪水治好，就准备好衣物干粮，离家去治洪水。临走时，大禹娘对大禹说："为天下苍生去吧！不要忘了家还有个老娘就行。"新婚媳妇虽有些不舍，还是把大禹送出家门，偷偷对大禹说："为妻已怀上了，在家日夜等你回来。"

大禹带着大家伙儿治理洪水，没日没夜，东奔西跑，顾不上吃饭顾不上喝水；今天这里冲了房，明天那里淹了地；又是挖沟引水，又是担土拦水，救人捞物，没个停歇，转眼就过了七八年。平时大禹很想家，想老娘，想老婆，更想自己的儿子也已经七八岁，不知长多高了。可他不能回家，治水抗洪的事全靠他领着干。大禹知道是治水事大，忍着心里的思念，用心治水抗洪。

这一天，大禹领着一伙人去个新地方治水，傍黑时分，正好从家门口过。大家伙叫大禹去家看看，他们在前面等他。

大禹在家门口正想着是进还是不进，突然从院里传出来娘的骂声："这个没良心的东西，一去七八年，不知死活，连个信儿也不捎！"接着是一个男孩的哭声："奶奶，别骂爹了，俺娘有病了！"大禹又听到娘的骂声："不骂你爹骂谁，你去找你爹哭去，有啥难去找你爹说，俺无能为力！"这时，大禹只听媳妇喊了声儿子，说："孩子，你爹只怕早把咱们忘了，给娘倒口水喝吧！"

大禹听到娘的骂声、儿子的哭声，媳妇有病在床，真如万箭穿心，抬手要去敲门，猛然想到前边洪水淹了一个村，急等他带人去抗灾救人，若一进家，老娘和媳妇几年没见，一唠叨会没完没了，这定会耽误抗洪大事。大禹收回举起的手，泪水哗哗流下来，心想治水事大，不能因家事误大事，暗中念了声："娘、媳妇、儿子，对不住你们了。"回身离开家门走了。

传说，大禹第二次过家门是个早上。自从第一次过家门没进去，大禹心里时常有些愧疚，这样就更思家了。这一天，治水来到离家几里的地方，大禹早早起来，安排好事儿，趁着天蒙蒙亮，赶个紧，到家看看，回来还不耽误事。

大禹一溜小跑，很快来到家门不远处。家厨房里冒着滚滚白烟，想来是媳妇在做饭，又向前走几步，家院传出“咯咯咯”的鸡叫声。大禹还没到门口，就听到老娘“哈哈哈”的欢笑声。到了门前，大禹听听娘高兴个啥呢！娘笑了几声说：“大禹家的，今天娘高兴，吃好的！”媳妇问：“娘，高兴啥哩。”娘说：“夜个黑儿，村里人都夸俺大禹哩，在不少地方把水都治住了，正修黄河河道哩，说俺有个好儿子，能不高兴嘛！”媳妇哧哧笑着说：“俺知道，大禹是为天下百姓！”娘说：“媳妇呀！咱可别责怪大禹，咱高高兴兴过日子，让他放宽心在外边治水抗洪。”这时，大禹儿子也笑着喊起来：“奶奶，母鸡又下蛋了，你看两个！”娘说：“孙子呀，鸡蛋放起来，等你爹回来吃！”孙子笑了：“俺爹是谁呀，我也不认他！让俺娘认吧！”接着是祖孙三个人的嬉笑声。

大禹在门外听了心中高兴，心想，上次骂我，叹息，我没进去。这次家里好好的祖孙三个欢乐高兴，我回去干啥。治水这么紧，不回去了。大禹扭头离开了家，又一溜小跑回到治水工地了。

大禹第三次过家门是个中午。这天，大禹骑着大马赶往一个工地，想着已十三年没回家，这路离家不太远，稍拐个弯回家看看。大禹到家门口时，有四五个小男孩在路边挖水沟。男孩们见来了个生人，有个男孩就问道：“伯伯，你见过我爹吗？”大禹估摸着是儿了，就故意问：“你爹是谁？干啥的？”小男孩说：“俺爹是大禹，治水抗洪的英雄，你能见他吗？”

大禹回答：“能！”

“你见了他，帮我捎个信，叫他回来，给我们讲讲咋样挖沟修堤治水抗洪，行吗？”

这时，从屋里传出大禹娘的喊声：“你个小不懂事的，你爹治水抗洪刚有点眉目，现在是雨季，治水正紧，咋能叫你爹回来呢？”又传出大禹媳妇的声音：“你奶奶说得对，叫大伯给你爹捎信，安心治水抗洪，把黄河治好，平安回家！”小男孩很精神，说：“这位大伯，捎信叫俺爹治好黄河平安回家！”

大禹一听，别提多高兴了，说：“孩子，我把信捎到，治好水，你爹就回家！”大禹上马扬鞭，一阵紧跑，又到了治水工地。

（申法海搜集整理）

柳毅大王的传说

黄河岸边有许多大王庙，在卫辉柳位村有座柳毅大王庙。传说，柳毅就是这个村的人。千百年来，这里流传着柳毅大王的故事。

一、救女封官

唐代的时候，黄河还没南迁，从现在的卫辉向东流过浚县、滑县。柳位村就在黄河北岸边，还是个渡口，那时叫福村，后来叫柳毅屯，再后来叫柳位。

传说，福村有个姓柳的人，肚里有点文墨，又懂些中医药，在村里教书看病，很受这一片的人尊重，都叫他柳先儿。

柳先儿为人善良，身边有一个儿子，取名柳毅。柳先儿从小就教导儿子要勤奋好学，与人为善，干事要有毅力，不怕吃苦。柳毅是个争气的孩子，读书学文很用功，跟着父亲又学采药看病，村里人都夸柳毅长大会有出息。

转眼，柳毅长大成人，熟读四书五经，文章写得让柳先儿直点头说好。这一年，朝廷开科取士，柳毅拜别父母，离开柳位，沿黄河一路向西，去西京长安赶考应试。临走时，柳先儿问柳毅咋样，柳毅底气很足，对父亲说："孩儿准能考取功名。"

柳毅紧走慢赶，这一天来到孟津地界，要在这里过黄河，到黄河南岸再向西行去西京长安。不巧，这天阴天有风，黄河水浪也高。可柳毅赶路心切，不想耽误时日，就租船过河。

船到河中心时，猛然传来阵阵呼救声："救命呀！救人呀！"连喊几声。柳毅四下一看，只见前边有个底朝上的小船，一个女人抓着船，随着水浪一起一伏。情势危险，让人揪心，女人只要手一松，就会被汹涌的黄河水冲走，葬身黄河。

柳毅立马对船工说："船家，救人！"船工说："人是得救，只是那里是个大漩涡，又下雨，船在那稳不住呀！"这咋办？柳毅拿起船上的一条长麻绳，一头捆住自己的腰，一头递给船家，说："我下水，你掌住船！"船家一把抓住要跳水的柳毅，喊道："不行，雨大水凶，你不要命了！""救人要紧！"柳毅喊了一声，纵身跳进黄河，靠着他在黄河边练就的水性，冒着倾盆大雨，顶着黄河翻滚的浪头，游到落水女人身边。就在这时，女人已没丁点力气了，手一松，小船随浪漂走，女人被浪头吞没了。柳毅紧咬牙关，用尽力气，向前一扑，抓住了女子。船家见柳毅得手，赶紧拉回麻绳，把柳毅和女子拽到船上。船到黄河南岸，正好女人家的人派人来找，把女子和柳毅接走。柳毅救了女子，不料自己受了风寒，一上岸就病倒了。

原来这女子姓卢，是这里县令大人的千金小姐。这个县令是个两袖清风一心为民的清官。卢小姐是个吃斋行善之人，这天来黄河边放生，不料风起浪急，掌船人家失手落水，船翻把卢小姐扣入水中，幸亏遇见柳毅而得救。

柳毅在卢家一病就是半月有余，误了考期。卢县令知道了柳毅是个有文采有志向又仗义心善的年轻人，为救女儿耽误了考取功名，就向皇上写了推荐文书，保荐柳毅为民做官。卢县令又见女儿对柳毅有爱慕之意，就要把女儿嫁给柳毅。

皇上深知卢县令为官清正，没有私念，黄河屡屡决口泛滥，治黄正是用人之际，就准了举荐，封柳毅为治理黄河的水利官。

当治黄河的水利官也正是柳毅心意。就这样，柳毅受封当了治黄的官员，又娶了卢小姐为妻。柳毅回到福村，没日没夜地在黄河大堤上，领着民工治理险工堤段，抢险救灾。

在一次抢险中，柳毅不幸落水身亡。百姓们怀念敬重柳毅，就在福村修了庙，把柳毅供奉为黄河大王，把卢小姐供奉为大王奶奶。福村改叫柳毅屯。

二、传书止雨

传说，柳毅传书的故事其实就发生在卫辉柳毅屯这里。

那一年夏天，福村这一带黄河边，方圆几百里不见一滴雨，天旱日晒，田地裂了，井枯干了，庄稼都卷了叶，耷拉个头，一片一片玉米、谷子、高粱眼看都要旱死。

百姓们不能等死呀，开始上香摆供，村里搭台唱戏，乞求龙王爷下雨。离黄河近的村庄，不论男女老少，起早赶黑到黄河里去弄水浇庄稼。福村的柳毅和几个年轻人商量，天天这样去挑水、抬水累得个个喘大气，也解不了庄稼苗的干渴。柳毅心说，这样不是个办法，最好能找个地势合适的地方，挖渠引黄河水浇地。村里的人都说柳毅想的是没有办法的办法，就这样，柳毅一早就去了黄河岸边，寻找能挖渠引水浇地的地方。

柳毅来到黄河边一个叫黑水潭的地方，隐隐约约听到有哭声。走到黑水潭仔细一听，潭水中有个女子在哭。柳毅心中奇怪，问道：“你是谁，为啥在水里哭?”转眼间，从水中冒出来一个姑娘，双手被捆着，两眼泪汪汪的，把来龙去脉讲给了柳毅。

原来这姑娘是东海龙王的小女儿,叫小龙姑。这小龙姑生性好玩,好打抱不平,前几天来到这里,见天干地旱不下雨,百姓求雨也没谁过问,她不忍心叫百姓受旱灾之苦,就找黄河神打问缘由。一问才知,一条东海的小黑龙,因犯律条,被东海龙王贬到这里布雨。谁知小黑龙恶性不改,故意不让这里下雨,要造成旱灾,害苦百姓。小龙姑一肚子怒火,在这黑水潭中找到小黑龙,训斥一番,要小黑龙立马布雨下雨解旱情。小黑龙本就对东海龙王不满,哪会听小龙姑的,又怕小龙姑回去告发,就毫不客气,抢走小龙姑的避水珠,把小龙姑困在黑水潭中。小龙姑把一块玉佩交给柳毅,求柳毅去东海见龙王传书送信,救小龙姑,捉拿小黑龙,救百姓。

柳毅答应了小龙姑。没有回村,先到黄河河神庙中,跪拜河神,求河神帮他去东海。黄河河神知道小黑龙在这里兴害作恶,自己神道小,不敢惹小黑龙,见柳毅要去东海传书送信,开口道:“你怕吗!”“不怕!”柳毅没一点迟疑。黄河河神说:“你现在赶快去黄河边,找个深的地方跳进去。”

柳毅一心救小龙姑除旱情,二话不说,一溜小跑到黄河水深的地方,“扑通”跳进了水里。

柳毅在水里像是被人拽住,想游也游不动,沉到水下,灌了一肚子水,啥也不知道了。等柳毅清醒过来,已到了东海。柳毅明白,这是黄河河神在帮忙。

柳毅在东海边,大喊要见东海龙王,整整喊了九十九声,被一群水兵押送到龙宫里。见了东海龙王,柳毅拿出玉佩和小龙姑的书信,把小龙姑被困的情况一一讲给了龙王。

东海龙王这些天不见小女儿,也不知去哪儿了,急得不行,正要派兵马去找,柳毅来传书送信了,他感激不尽。东海龙王一面安排兵将去救小龙姑,一面安排好好招待柳毅。东海龙王对柳毅说:“我这龙宫里,啥珠宝都有,多少金银都有,要啥就开口!”柳毅说:“我啥都不要,只要龙王爷布云,下场透雨,给百姓个活路。”龙王说:“好办!今后啥时要雨,你向东喊上三声我要雨,自会有雨。”

柳毅一再告辞要回去,东海龙王一拦再拦。这时,小龙姑被救回来了,一见柳毅,生了爱慕之心,要嫁给柳毅。柳毅说啥也不同意,龙王只好送走了柳毅。

柳毅回到福村,这里早下了场透雨。百姓们知道是柳毅东海传书求来了雨,纷纷上门感谢柳毅。后来,柳毅娶了个漂亮姑娘为妻,其实这个姑娘就是小龙姑。

黄河河神敬慕柳毅为百姓舍身传书求雨,也和柳毅成了好朋友,黄河水再大,只要柳毅说话,河神就保佑黄河不决口不淹百姓。

柳毅和小龙姑保佑了这一带没旱没涝，二人死后，百姓把柳毅供为黄河柳大王，小龙姑供为柳大王奶奶，把福村改叫柳毅屯。

三、舍命抗洪

柳毅被封为管理黄河的水利官后，一年到头，没日没夜在黄河上跑来跑去，修堤筑坝，抗洪堵口，为黄河两岸百姓造福。

传说，延津以前的县城地势高，黄河多次决口，汹汹大水都是围着城流过去，从没把城淹过。

有一年，连降大雨，黄河水打着旋向上涨。柳毅领着民工在一处险工处加固大堤，怎奈水势太大太猛太凶，眼看着大堤难保，柳毅下令叫百姓连夜冒雨都撤到县城，以防万一。

第二天，黄河决了口，滔滔巨浪淹没了几个村庄，流向县城，围在县城四周，柳毅亲自动手，领百姓堵死城门，加高城墙。

黄河水不停地涨，第二天大水就平了城墙。柳毅怎么也没想到，今年黄河水会这么大。站在城墙上，看着水向上涨，能加高城墙的东西都用尽了，这可咋办！柳毅看看城里，满城的百姓，水一漫城，城里必成汪洋，百姓难逃呀！

柳毅看着不停上涨的水，有些垛口的地方已向里浸水了。柳毅望着苍天，眼泪流下，大喊道："我一个水官，治不了黄河，护不了百姓，当官何用！"柳毅喊着，脱下官衣，摘下官帽，扔到滚滚黄河水中。

柳毅的官服官帽在水中打着旋，突然有人喊道："快看，水落了！"柳毅低头一看，果然水向下落了。水落有半尺，不再落了，柳毅的官服官帽也无影无踪了。柳毅这时明白了，看来这大水是为我而来，只有用我命让大水退去。

柳毅跪在地上，面向苍天，祈祷说："苍天呀！我柳毅愿用性命，换来全城百姓安全！祈求苍天和各路神灵开眼，退大水救百姓！"城上的民工和百姓们都齐刷刷跪下来："柳大人，不能呀！"不由分说，柳毅起身，一跃跳进滚滚黄水中。城上传来惊天动地的喊声："柳大人！苍天呀！"

柳毅跳进水中，眨眼沉下去，大水哗哗向下降。第二天，水退了，满城百姓逃过一劫。百姓们打开城门，去寻找柳毅。这时，飘过来一片白云，柳毅站在白云上，笑眯眯向百姓们又点头又招手。一会儿，白云升空而去。

百姓们都说，柳毅救了百姓，升天成神了。人们就在黄河边修了柳毅大王庙，世代供奉保佑这一方平安的柳毅大王。

（申法海搜集整理）

李大王玩船

黄河边上,百姓们敬了不少黄河大王。这个李大王叫李月,是个十几岁的小孩儿,家在洛河边。父母早亡,李月跟着舅舅过日子。

李月他舅靠在黄河里玩船养家糊口,练就了一身撑船掌舵渡人运货的本领。舅舅只要一上船就带着李月,想把李月教成个玩船的好把式。李月在船上只干些择菜烧水做饭的杂活,对学玩船不上心。舅舅一对他讲咋看水头水势,咋放船撑船,咋掌舵,咋扯篷,李月总是一句话:“这些我早会了,有啥学的。”舅舅开始一听李月这样讲,就发火吵李月,还动两次手打李月。李月却是毫不在乎,嘻嘻哈哈。尽在船上玩。时间长了,舅舅也无可奈何,就由李月去玩吧!

有一次,舅舅撑船渡人过河,船到黄河中间,起了大风;接着又下大雨,河里浪头一翻尺把高,船在河中间直打转。舅舅紧紧掌着船舵,生怕船有个闪失,要知道船上有一二十个人啊!

舅舅越怕船越不稳,船越不稳舅舅越紧握船舵。几次看着要翻船,吓得舅舅胆战心惊。这时李月对舅舅喊道:“快把舵松开,救船!”舅舅又气又急,在这紧要关头,全船人的生命全在这舵上,一松手,舵无人把控,船顺浪冲走,肯定翻船。舅舅对李月又骂又喊:“混蛋,快退下!”只见李月几步跑到舅舅面前,掰舅舅掌舵的双手:“舅,听我的,松手救船! 舅舅不但不松,起脚把李月踩开反而把舵抓得更紧了,凭着他玩船的经验,掌着船舵。船在水浪中,又一歪,差点翻了。李月后退一步,哈哈大笑一声说:“老舅,对不起了!”上去头一低,就用嘴咬舅舅的手。舅舅两只手生疼,手一松,李月趁机抱住舅舅的腿,两个人摔趴在船板上。李月翻身骑住舅舅的脖子。舅舅起不来了,痛苦地大喊一声:“你呀! 船完了!”

正在一船人惊恐不已时,只见船打了两个旋,向下呼一下漂了几丈远,大水把船冲到一个河岸弯处,船停下不动了。李月站起来,说:“舅,没事了!”舅舅起来,举拳要打李月。船上人喊道:“别打,这孩子救了咱!”舅舅看看船不动了,险情没了,想想也是,要是自己不松手,也许船就翻了。从此,舅舅对李月琢磨不透了,说李月混蛋吧,这回还真混蛋到点上了。后来舅舅问李月,为啥不掌舵反而救了船。李月傻笑一声说:“这叫任凭风浪起,稳坐钓鱼船,任其自然，凭天由命！”

这一年过年时，船东家要向山东济南运一船过年年货，舅舅就和十几个船工装货上船，顺流而下去济南。李月也跟着上船，和船上人说说笑笑，干点杂务活，几天时间到了济南。

眼看年关就到了，回去是逆流而上，个个急着回去，舅舅领着大伙赶着卸船。不料船刚卸完，正商量回河南，突然起了北风，天降大雪，转眼间，黄河水上冻结冰，把船困在水中。

眼睁睁过了几天，虽然没风没雪了，黄河水结的冰却有半尺厚，船动不了了，又到年三十了，人不能回去还不说，船上连吃的都没有了。这咋办？船工们个个心急火燎，唉声叹气，回不了家，家里还有老有小，这年咋过呀！

舅舅也没啥法，也是没精打采的。这时有人说，不行就弃船上岸回去。舅舅想想，也只有这样了。李月哈哈笑起来说：“不要船回去咋交代，就是不要船，明天就是初一，咋也回不去呀！”舅舅想想也是，众人愁得没法，坐在一起纷纷落泪。

李月这时却高兴了，说：“别哭呀，这有啥难的，你们说，想不想初一五更到家过年。”大伙都说咋不想呀！李月说：“好，都听我的，咱初一五更到家！”舅舅听着李月这不着边的话，喝道：“小子，人都愁死了，别在这胡说八道了。”可不少人开了口说：“这李月有点神气，咱听他的，只要不耽误过年，咋都行！”

天要黑了，李月叫舅舅靠着船舵，用绳子把舅舅和船舵绑在一起，又用破被把舅舅蒙盖住。舅舅急了，问道：“你要干什么？”李月哈哈一笑说：“干我该干的。”接着，李月叫船工都拿起撑船的篙，叫他们都躺在船上，盖上被子，对大伙说：“一会儿，不管有啥动静，就是天塌地陷，也不准睁眼看，不准吭声！老少爷们，记住没！”大伙同声说：“记住了！”

只见李月在船头下跪叩头，嘴里念叨一番，突然咔咔嚓嚓，黄河里的冰裂开，中间成了一条水道。又听大风呼呼，从东向西刮得天昏地暗。李月起船声喊，只见船如同一辆马拉大车，在裂开的小道上，向西箭般跑去。

船呼呼在跑，李月不停地喊着，挥胳膊蹬腿，又是蹦又是跳，谁也不知李月在干啥，在喊啥，只觉船一直向前窜着。

过了不知多长时间，李月喊了声：“到了！”大伙都睁开眼，向岸上一看，真到家了。李月说：“都快下船回家过年吧！”

大伙纷纷下船，这时才听到不远的村里响起了初一五更的鞭炮声。大伙都到家了，舅舅到家了。这时一看李月没来，等了好大一会儿，还不见李月回来。舅舅就急忙回到船上，只见李月躺在船上，浑身是水，一看，李月没气死了。

这时，舅舅才明白过来，是神显灵救大伙回来，这李月是玩船累死了。船工们知道李月死了，都说是成神上天了。就在黄河边盖了座庙，里边供奉李月，人们都说李月就是救灾救难的黄河李大王！

（中一、王霞搜集整理）

黄河大王借路

黄河岸边的村庄里，有不少黄河大王庙。庙里供奉的大王多是能治河救灾的神，被百姓供奉着，上香叩拜，求得大王保佑平安。在考城县，就是现在的兰考县，传说出了一件黄河大王危害百姓的事。

少说也是四五百年前了，考城来了个新县官，是南方人，不懂黄河边的规矩，不知黄河大王的厉害能耐，对黄河大王不尊敬不供奉。大王庙香火供奉越来越少了，黄河大王就想搬家换地方。

这天，黄河大王找到土地爷，要借条路走走。土地爷对黄河大王没好感，黄河一决口，先把土地淹了，百姓受苦受难。管土地的土地爷是看着没办法，常骂黄河大王管不好黄河，决口成灾，连累土地爷。土地爷毫不客气地对黄河大王说："你有你的水路，我有我的旱路，各走各的，借路走不行。"

黄河大王碰一头灰，笑笑走了。第二天，黄河大王带着好酒，提着牛肉，又去找土地爷借路。土地爷心想，黄河大王往哪走，哪就会黄河涨水，决堤成灾。土地爷不吃送来的酒肉，也不答应借路。黄河大王不死心，第三天又给土地爷送来一包银子。土地爷见了银子，有想法，百姓们去年受黄河水灾，我把银子分给百姓，救济一下穷苦人。至于借路吗，该不借就不借。

土地爷收了银子，黄河大王一肚子高兴。这天一早，收拾一下行装，出黄河，过大堤，走向一条大道。没走多远，土地爷跑来，拦住黄河大王，不让走这条大道。黄河大王说："我走小路行吧？"土地爷说："只要是我土地爷管的路，都不准你走。"

黄河大王火了，叫道："我的银子！"

土地爷说："分给百姓了。"

黄河大王心想，你土地爷行啊！收了我银子，还不借路让我走，今天我非走不可。一个硬要走，一个拼命拦，他们推推搡搡，互不相让，一会儿就打起来了。

事情巧了，正好新来的县官巡河堤，走到这里，问他们为啥打架。黄河大王抢着开口说："我走这路，他说是他的路，不让我走。"土地爷本想说明真相，可天机不可泄露，神间的事不能随便讲的，这咋说呢！土地爷还没想好咋说，县官就放话了，指着土地爷说："这路也不是你的，快让开，让人家走路。"黄河大王得意地一笑，大摇大摆向前走了。土地爷急得搓手跺脚，对县官说："你不知道，他一走到哪，哪就会出事。"

黄河大王早认出那个人是县官，心里记恨不平，暗想，你土地爷敢讹我银子，你县官敢轻视我，今天就叫你们看看我的厉害，敢不把我放眼里，就淹你们。本来是护佑黄河的大王神，为了一己私利，发了淫威，瞬间黄河水暴涨，转眼大堤决口，黄河水冲了出来，闹了水灾。

（申法海搜集整理）

龙王的女婿

黄河岸边有个几户人家的小村庄，穷得很，村没名，就叫小庄。庄里有个年轻人，父母全无，快三十了还单独一人，靠在黄河打鱼为生。自己姓啥叫啥都不知道，人们就叫他小孩。

村庄的人家都是黄河决口闹水灾被淹后，剩下的人家，家家穷得叮当响。虽说小孩穷得家里啥都没有，可心眼好，人善良勤劳。

这一天，小孩扛着渔网去黄河边。快到黄河大堤时，看到在堤下一块石头边躺着一个白头发的老人，额头上流着血。小孩赶紧过去，蹲下来问候老人。老人指指头，指指旁边的石头，石头有血迹。小孩想着是老人摔倒，碰到石头上，把头碰破了。小孩二话没说，把身上的破衣襟撕下来，给老人包住额头。这时，老人嘴张了张，说声渴！

小孩腰里挂了个葫芦，里边是白开水。这是准备打鱼时渴了喝的，黄河水太浑没法喝。小孩用葫芦对着老人的嘴，一口一口把水灌在老人口中。老人喝了水，慢慢缓过了气，对小孩说，他走路太慌张了，又走得紧，到这里又饿又晕，本想坐石头上歇歇，一弯腰，栽倒在石头上。小孩说："老伯伯，我也没带啥好吃的，就两个玉米面菜窝头，你别嫌弃，吃了吧，一会儿我送你回去。"

老人说："这是你一天的干粮吧，我吃了你吃啥？"小孩说："没事，你先吃了，我再说。"老人实在是饿了，把两个菜窝头全吃了。吃完了又歇会儿，老人说："谢谢你救了我，明天我派人来请你，你一定去啊！"老人说罢，起身走了，上了黄河大堤，一会儿没影了。

小孩水没了，干粮也没了，忍着饥渴，也没打啥鱼，早早回家了。

第二天，小孩又照常去黄河里打鱼，又走到那石头边，大堤上站着一个人，喊小孩过去。那人对小孩说，昨天救的那老人是东海龙王，他是龙王的小儿子。龙王出来巡游黄河，一时气喘头晕，想上岸歇歇，不料摔倒受伤，多亏小孩救了。龙王要感谢小孩的救命之恩，派小龙子来接小孩去龙宫。

小龙子一指黄河水，河水裂开，现出一条大道。小孩随小龙子到了东海龙宫。龙王用高规格礼遇，热情接待了小孩，龙母、龙王的小女儿三公主都陪小孩吃欢迎宴。

宴请过小孩，龙王让小龙子、三龙女陪着小孩观看了富丽堂皇的龙宫，又游玩了海底的珊瑚滩、鱼族馆，让小孩大开眼界，直称赞海底世界太丰富多彩了。谁能想到，三龙女陪小孩游玩，心里竟爱上了小孩。

在龙宫待了三天，小孩告辞要走，对龙王说："我是黄河边一个打鱼的，劳动为生，不能在这里吃喝玩乐混时光，我走啦！"龙王见小孩要走，就喊上家人取出一箱金银，少说也有一千两，送给小孩。小孩谢绝说："我救人是天性为善，不图银两。"龙王就直问小孩："说吧，你要啥？"小孩说："你龙王爷管着刮风下雨，只求你今后叫俺那里该下雨就下雨，不旱不涝，风调雨顺，叫百姓们安安生生不愁吃喝过日子。"龙王一听，佩服小孩不为自己，只为一方百姓着想，开口应道："你放心，我令风婆雨师不准为难伤害百姓就是了。"小孩又告辞要走，龙王过意不去，就又叫家人取来一包珠宝玉器、珊瑚玛瑙，一定要小孩收下。小孩说啥也不要，又对龙王开了口，说："龙王爷真有心报我救命之恩，只求你今后管好黄河里的虾兵蟹将、各路水神和那些水妖水怪，不要再涨黄河水，再决黄河大堤，不要淹村淹地，危害百姓。"龙王尽管觉得这事有点为难，但还是答应了，接着说："叫你空手回去，我过意不去，你想要啥，尽管开口。"

给啥小孩都不要，急坏了旁边的三龙女，给小孩暗中打手势，叫他要花架上那束花。小孩领会了三龙女的意思，想想要束花回去摆屋里挺好看，就开口说："把那束花送给我吧！"

龙王没开口，这束花不能轻易送人呀！三龙女见父亲吞吞吐吐，就上前说："父王，你既说人家想要啥给啥，得算数，就一束花，给他吧！"三龙女说着，从花瓶里拔出那束花，给了小孩。龙王也没啥说了，命小龙子送小孩回去。

一会儿工夫，小龙子和小孩出了黄河，到了小庄的村头。小龙子停下脚步，把身上带来的四根木棍，在一块方圆三四亩大的土地四角插下去，叫小孩把那束花放在地中间。小龙子施法，天一暗一明，小孩面前成了一个大院落，两进院，砖墙瓦顶。院中有位女子，把小孩迎进院中。这时小孩才知道，是龙王送给他一座院子，那束花就是小龙女，成了小孩的妻子。

第二天，乡亲们都来祝贺小孩。小孩有房有地，又娶了龙王的女儿为妻，不能再喊小孩了。大家就说，就叫龙王的女婿吧！后来，龙王女婿在这一带就有了名。这里年年风调雨顺，五谷丰登，黄河再也没决口闹灾，大家都说是龙王女婿给乡亲造的福。

（中一、王霞搜集整理）

四女台

浚县县城里有东山、西山两座山。东山叫大伾山，山上山下风景很好，是人们游玩的好地方。大伾山南边几里远的地方，有个方圆十几亩大、二三丈高的土台子。这个高土台子叫四女台。

很早以前，黄河是从浚县城南边由西向东流过的。四女台这地方是黄河的北岸。

传说，黄河岸边有个村庄，村庄里有个靠在黄河打鱼为生的年轻人。这年轻人心眼好，为人厚道，经常帮助穷苦乡亲。本来平平安安地打鱼过日子，谁知这年连阴半个月，大雨不断，黄河水暴涨，水急浪高，黄河上也不好撒网打鱼了。人们都说这里来了个独眼河神，心情不好，老拿黄河发威出气。有些人家，怕黄河决口，就打算搬家离开这里，年轻人天天打不着鱼，也想换个地方去打鱼。

这天，年轻人发现有十几匹马在黄河滩里跑着玩。年轻人心想，这一片没人养马呀，哪来的马群呢！要能弄匹马，骑马去远处打鱼那就方便多了。年轻人想着，就慢慢靠近马群，对着一匹小白马，把渔网撒去，一个小马被罩住了。正在戏耍的马群，被惊吓得转眼不见了，唯留下小白马无法逃走，在网中大叫起来。小白马叫得十分凄惨，年轻人听了有些难受，动了怜悯之心，收了渔网，放了小白马。小白马向年轻人点了点头，像是表示谢意，一声长叫，腾空而起。突然，一个闪电从天而降，接着一声震耳雷声，狂风吹断了大树，天变了，只见黄河水呼呼往上涨。年轻人一阵惊奇。刚腾空的小白马，又落在地上，变成一个姑娘，对年轻人说："黄河要决口，你快跑。"年轻人忙问："咋堵决口？"那姑娘说："向东一里高岗有青石板，下边是水眼，堵住就行！"姑娘化为一阵清风不见了。年轻人拔腿向村里跑去。

年轻人进了村边跑边喊："黄河要决口了！"乡亲们纷纷跑到高岗上。一会儿，黄河决口，大水铺天盖地而来，幸好乡亲们躲得快，虽淹了地，人都好好的。

你说咋回事哩，那群马是天上王母娘娘的女儿变的，那匹小白马是七仙女。她们姊妹们是下天界散心，想去大伾山玩，还没到就遇上了这年轻人。那个来这里的独眼河神是河伯，他本想引众仙女去黄河里玩，一来搞好和王母娘娘的关系，二来和这些姑娘嬉闹一番，解解烦闷。不料年轻人网罩七仙女，七仙女又一阵惨叫，打消了河伯的兴头。河伯怒火中烧，这就兴风作浪，冲开河堤，报复那个欺负七仙女的人。

年轻人自和乡亲们讲了黄河滩的事。知道这是河伯作怪，就决心去找水眼，堵决口。年轻人带着几个小伙子蹚着洪水来到那一片高地上，找到那块青石板。他把青石板掀开，是一个看不到底的大井，井下流水很急，轰轰作响。这就是水眼了。他们在近处找了些石头，推到水眼里，一眨眼，石头就被水冲走，无影无踪了。

年轻人和乡亲们商量，用船在大伾山弄石头，看他水眼有多深。一船船石头从大伾山运来，扔到水眼里。哪知道这水眼是河伯的那只独眼，堵住水眼，就是要瞎了河伯的独眼，你想想这河伯能善罢甘休吗！河伯是又恨又恼，施法冲走扔进去的石头，又施法把黄河水从水眼里喷出来。这样一来，决口加上水眼里喷水，洪水反而更大了。

河伯行凶决口，年轻人运石堵水眼堵不住的事传到天上，七仙女心中不安，就下界去劝说何伯。七仙女对河伯说："你为河神，还是多做善事为好，赶快退水，不要为害百姓。我向王母为你请功，永当河神。"

河伯一笑说："你是王母爱女，我岂能不保护你，那小子胆敢欺负你，我就要发水惩罚他。为讨你欢心，我决口泛滥是立了大功，王母不会怪罪。"

七仙女吃惊地问："你决口是为我？"

河伯说："正是！"

七仙女哀求道："那天，年轻后生听我叫声，立即放了我，并没欺负我。你是河神，不能这样不顾百姓死活，求你了！"

河伯说："水眼是我的独眼，他竟敢扔石伤我独眼，不为你，这仇也得报。我淹他半年，让这些人死无葬身之地！"

七仙女见河伯不听劝告，又要变本加厉祸害百姓，大声斥责道："河伯，他们运石填水眼，总有一天会填住，瞎你独眼，让你永不见光明！"

河伯笑道："运石填水眼，妄想！除非他变石填眼，看谁能把水眼给我堵住。"

七仙女愤然而去，晚上梦中和年轻人见了面，问道："你怕死不？"年轻人说："为救百姓，赴汤蹈火，在所不惜。"七仙女告诉年轻人，要堵决口，只有你负石跳入水眼！别无他法。

第二天，年轻人把河伯报仇、七仙女指点负石堵眼告诉了乡亲们，决心以身家性命退洪水堵决口，救乡亲们于危难之中。乡亲们又感激又痛心，事到如今,也无他法了。

中午时分,年轻人叫乡亲们把一块大石头捆绑在背后。捆好了,众乡亲齐声哭了,不少人跪下来乞求上天保佑!年轻人站在水眼边对大家说:“不要难过!只要能退洪水堵决口,我死得其所。我去了!”年轻人转身跳入水眼中。

众乡亲哭着喊着,等着洪水退去。不料,洪水不但没退,反而更凶,水眼喷水更猛烈,决口处黄河水翻着巨浪向外冲。众人说这是上了河伯的当,受了七仙女的骗,骂声传上了天。

年轻人为救乡亲赴死,感动了七仙女。七仙女也悔恨自己轻信了河伯,葬送了年轻人的性命。七仙女毅然下凡,帮乡亲们斗河伯、堵决口、退洪水。

七仙女说明前后情况,表明了决心。乡亲们相信了她。在七仙女指挥下,大家修堤引水,治理黄河。

河伯也不示弱,一面继续涨水,淹地淹房,又上天庭,去告七仙女触犯天条,私自下凡帮百姓治水。

七仙女已感到自己身单力薄,难制服河伯,就摆下香案,叩求姐姐们来帮她治水堵口。大姐、二姐、三姐,知道妹妹是在拯救百姓,是在行大功德,就一齐下凡来帮七仙女。

大姐说:“堵水眼要用盖水眼的青石板,推下青石板就能堵水眼。”

二姐说:“河伯上天告状了,我们快点,时间来不及了。”

姐妹四人找那青石板,咋也找不到。她们不知道,那青石板早叫河伯收起来了。

这时,一阵电闪雷鸣,河伯带着天兵天将来捉拿四姐妹了。

七仙女喊了声姐姐们,说:“就凭咱四人的法力,一起跳下去,也照样可堵死水眼!”姐妹四人抬头看,河伯喊着飞奔而来:“拿住这四个小妞,上天问罪!”天兵们呼啸而来。

七仙女和三个姐姐,东西南北向背而立,肩靠着肩,臂挽着臂,齐喊一声跳,一齐跳入水眼中。

眨眼间,洪水退了,水眼没有了,成了一片平地。后来,百姓们为感念四位仙女,就在这块高岗上,又培土加大加高,塑上四位仙女神像。当地百姓把它叫作四女台。

(申法海搜集整理)

望洋兴叹

望洋兴叹这个成语，用来比喻做事力量不够，或者缺少必要的条件而感到无可奈何。望洋兴叹的来历呢，传说是在黄河水神河伯身上发生的。

河伯当了黄河水神后，从黄河源头顺河向下走，心想，我当了黄河水神，黄河就归我管，我就得好好走走看看，得想法把黄河的事管好。河伯过了三门峡，再向东走，出了邙山头，哎哟，黄河一下子宽了许多，从北岸一眼望不到南岸，黄河水一浪跟一浪，翻着滚，打着旋，真有点万马奔腾的气势，向东哗哗哗地流淌而去。河伯再走，看得眼花缭乱，心里那激动劲没法说，直觉得黄河太了不得了，是世界上最宽广、最汹涌、最壮观的水了；直觉得自己当了这个黄河水神太了不得了，管着天下地上最大的水。

河伯又向前走，黄河浪涛滚滚，水流哗哗，浪花朵朵，简直让他得意得不知天高地厚了。

中午，河伯设宴，请来了各路水军将领，也请来了几个江河的水神，还请来了东海龙王。

酒过三巡，河伯端起酒杯说："各位，今天请大家来到黄河边，就是叫你们看看这雄伟壮阔的黄河，看看这无边无际的黄河水。可以告诉你们，我河伯这个水神，管的是天下无双地上无二的大水域——"河伯没说完，大家就低头私语，议论起来，这黄河水又宽又急，美倒是美，但难道真的是天下第一吗？

这时，东海龙王冷笑一声说："河伯老弟，你的黄河确实值得感叹，不过，我请你到东海看看，你就不吹牛了。"河伯不大高兴，什么吹牛，我量你东海在黄河面前，不过是一个小积水坑而已。东海龙王毫不客气，冷冷笑着，离席而去，弄了个大不高兴。

河伯在这一段黄河大堤上走过来走过去，看着茫茫黄河水，心里舒服得不得了，走路昂头挺胸的，真是老子天下第一，没谁敢比了。

河伯手下的人，几次劝河伯说，咱去东海看看吧，看看那水有多大。开始河伯不去，说的次数多了，想想去就去，亲自去看看，再见东海龙王，我夸黄河的底气就更足了。

这天，河伯来到东海边。东海龙王听说河伯来看东海了，带着虾兵蟹将来迎接河伯。

到了东海边，河伯不由哎哟一声，啊，海这么大呀！东海龙王笑道：“请你上船，带你游一圈。”

河伯乘船走了一天，在无边无际的大海大洋中，前后左右转圈找转圈看，无边无岸。眼看天要黑了，东海龙王说：“河伯老弟，咋样？看够没，回去吧？”河伯没应声，只是点点头，船回去了。

第二天一早，河伯由东海龙王陪着又到东海边。东海龙王还没开口，河伯大声呼喊道：“大海大海啊，我真见识了，你比黄河宽广多了。”东海龙王得意地笑了。河伯指着大海，说了句让东海龙王哭笑不得的话：“我的黄河会决口，会淹田地，你的海不会。”

（王霞搜集整理）

蟒河的来历

蟒河发源于山西阳城，从山西进入河南，流经温县、武陟，一支入沁河，一支入黄河。所以说蟒河是黄河的支流，又是黄河支流沁河的支流。

王屋山最高的山峰叫天坛山，在天坛山中有个很大的水池，叫太工池。太工池水很清，水深没底。这里山清水秀，风光秀美，池中住着许多水中仙家。有一条大蟒相中了这个藏身的地方。一天夜里，这大蟒趁着刮风下雨，来到太工池，在池中水下的山壁上，找了个大洞住进去。

这大蟒是条恶蟒，一到池里，便处处惹是生非，闹得这里再也不安生了。别的水中仙怪不愿招惹这恶蟒，就一个个离开太工池，另找住处了。

太工池就剩下这恶蟒了，更是胆大妄为。时不时伤害吞食到王屋游玩、采药、劳作的百姓，把这一片闹得路断人稀，鸡犬不宁。

天坛山下有个叫石娃的人家，就母子二人，靠采药为生。这一天石娃去采药，留母亲一人在家。不料，大蟒窜出太工池，寻找吃的，看见石娃娘在门外干活就扑来。石娃娘看见大蟒，吓得喊叫两声，腿一软，倒在地上。大蟒张开血盆大口，把石娃娘吞进口中。正巧这时石娃回来，大喊一声，扑向大蟒救娘。大蟒急忙吞下石娃娘腰身飞起就走。石娃紧紧追到太工池，大蟒钻入水中。石娃在池边大哭一场，指着池水喊道："你个恶蟒等着，我定为娘报仇，让你碎尸万段。"

石娃平时就练武，练就一身好刀法。为报娘仇，他天天在太工池边，等大蟒现身，除了这条恶蟒。这一天，大蟒从池水中窜出来，刚到池边不远，就被石娃截住，石娃举刀就砍。恶蟒也不是善茬儿，和石娃打斗起来。两个打到太阳偏西，都累得气喘吁吁。大蟒转身就跑，跳进太工池中。大蟒在池水中间跳来跳去，挑逗石娃，你来水中呀！在水中斗呀！石娃知道在水中肯定不是恶蟒对手，他只能在池边看着大蟒，咬牙切齿地想办法。

就这样，恶蟒照样作恶伤人。只要一见石娃就打斗，斗上几个回合，就跑，跳进太工池。石娃虽刀功利害，可刀就那么长，伤不到蟒，自己又不能下水。这仇可咋报呢？

这一天，大禹治水来到王屋山，听说太工池里有恶蟒作怪，石娃除害不能得手，就找到石娃，要帮石娃除掉恶蟒。大禹对石娃说："我的开山斧是宝斧，长丈二。你用这斧去和恶蟒斗，要死死缠住它，只要能伤它一点，这斧见血就会变长，对手离多远，斧就变多长。”

石娃有了大禹这宝斧，心想就是大蟒跳到池里，斧也照样能劈住它。石娃拿着斧在池边又叫又骂，让恶蟒出来。恶蟒知道这是大禹的宝斧，很厉害，只在池水中窜来窜去就是不上岸。

这样坚持了半天，石娃想不能这样下去，斧见血就长。石娃一咬牙，用斧刃破了胳膊，血流出来，一下子把斧染红了。眨眼工夫，斧“嗖”的一声变长了。石娃抡斧照大蟒砍去。大蟒还没见过这么长的斧，吓了一跳，急忙缩身，钻到池底。石娃又一抡斧，照池底劈去。只听咔嚓一声，长斧劈住大蟒，把池底也劈出一条缝，池水从缝中哗哗流出来。大蟒知道这斧厉害，冲出水面要逃走。石娃又是一斧拦腰劈去，大蟒已到半空中，这斧追着大蟒长，大蟒急忙向北逃去。石娃大喊一声：“长！”斧头跟着大蟒伸长。大蟒疼痛难忍，刚要喘口气，石娃挥斧，把大蟒劈成三段。

大蟒的血喷着向南流去，转眼成了一条河。这就是蟒河。

（申法海搜集整理）

沁河传说

沁河是黄河的支流，发源于山西，流经河南济源、沁阳、博爱、温县，在武陟汇入黄河。

东海龙王有个女儿叫海莲。这姑娘生性善良好玩。这一天海莲离开东海，也不向谁打招呼，独自游山观景，来到了山西沁县。这一带正闹旱灾，地都干裂了，庄稼旱死了许多。眼看着老百姓受害受难，庄稼要颗粒不收。海莲找个山洞住下，夜里出洞升空，施展功夫，呼风行云，播下一场透雨，解了灾情。

不料海莲兴云降雨的事叫妖怪九头鸟知道了。九头鸟来到山洞前，本想问问海莲为啥要降雨救苍生，谁知这家伙一见海莲长得如花似玉，还没见过这么美貌的姑娘，就生了歹意。九头鸟二话不说，上去就抱海莲。海莲见这么一个丑陋的家伙来抱自己，就还手打起来。海莲哪是九头鸟的对手，三下两下，九头鸟拦腰抱住海莲，脚一蹬，腾空而起，把海莲劫持到深山的一个大山洞里。

九头鸟要和海莲成夫妻。海莲至死不从。九头鸟后来知道这姑娘是东海龙王的女儿，他知道东海龙王的厉害，也不敢强求，就想用其他办法让海莲屈从。

这一天，九头鸟给海莲一个尺把高，大肚小口的瓶子，说："你不想给我当老婆也行，今天你去把这瓶装满水，我就放你走，装不满别怪我不客气。"

海莲心知肚明，这瓶子一定是个魔瓶，不会一灌水就满。她见的这种宝瓶多了，想着会有破法。谁知海莲用尽了所知道的解宝瓶的办法，念完了破解宝瓶的咒语，都不管用，水就是装不满瓶子。

海莲正在着急发愁时，听见一阵凄惨的鸟叫声，又听扑扑啦啦的，一只喜鹊从半空中栽下来，摔在河边的石头上。海莲忙跑过去，把喜鹊拾起来。喜鹊两眼滴着血，疼得羽毛乱抖。海莲哧啦撕下一块衣衫，擦了擦喜鹊身上的血，自语道："这咋办呀！"喜鹊强睁了睁眼，看见了瓶子说："这是九头鸟的魔瓶吧？"海莲说是。喜鹊又说："快用瓶子里的水洗我的眼，不洗的话，我的眼会瞎。"不由分说，海莲把瓶里的水倒在喜鹊眼上，转眼喜鹊的眼又明亮了。喜鹊哭着说了声谢谢姐姐救我，话声刚落，喜鹊变成一个姑娘，站在海莲面前。

喜鹊问海莲怎么拿着妖怪九头鸟的瓶子。海莲把前后情况讲给了喜鹊。喜鹊说："这是九头鸟的魔瓶，水装不满倒不完，他是在骗你。"海莲又问喜鹊眼是怎么回事。原来是九头鸟在一个林子里喝酒，喜鹊在树上叫了几声，九头鸟说搅了他的雅兴，叫喜鹊陪他喝酒，喜鹊没理他，正要飞走，九头鸟一跃而起，啄伤了喜鹊的双眼。

喜鹊眼好了，要除这妖怪。喳喳连着叫了几声，扑楞楞飞来一群喜鹊。喜鹊姑娘对海莲说："俺去找九头鸟报仇，一会儿你顺着这河边的小路，赶快逃跑，向前拐三个弯，就到了河南，再向前是黄河。"海莲说："到了黄河，我就不怕了！"

喜鹊姑娘对众喜鹊说，九头鸟有个毛病，一喝酒就醉，现在他正醉着，咱趁机悄悄地过去，啄瞎他的双眼。喜鹊姑娘又变成喜鹊，领着一群喜鹊，飞到九头鸟喝酒的地方，果然九头鸟大醉，躺在地上打着呼噜。

众喜鹊落下来，一阵猛啄，把九头鸟的双眼全啄瞎了。九头鸟疼得乱叫，爬起来拳打脚踢，赶走了喜鹊，跌跌撞撞向河边跑去，边跑边喊海莲。

这时，海莲还没逃走。喜鹊对海莲喊道："你快跑，千万不能叫九头鸟把魔瓶抢去，里边的水能洗好他的眼。"海莲听到叫喊声，拿起瓶就跑。九头鸟在后边喊着："你走可以，把瓶给我留下！"

海莲越跑越快，九头鸟见不着她，东一撞西一碰，一下子跌下山崖摔死了。海莲很快跑出山西的大山，到了河南的平地。哪料，海莲跑得慌张，忘了盖瓶盖，跑着水洒着，一直到了黄河边。洒下的水，一直流着成了一条河，因是从沁县出来的，百姓们就把这河叫沁河。

（中一、王霞搜集整理）

琉璃瓦护大堤

铜瓦厢原来是兰考县黄河北岸的一个古镇,镇北边就是封丘县,这里是个繁华热闹的黄河渡口。清代咸丰年间,黄河在这里决口,大水淹没了铜瓦厢。洪水从这里改了道,原来向东流的黄河水改向北流,从此铜瓦厢沉埋在黄河下边。虽说这个村镇没有了,可人们对铜瓦厢和铜瓦厢决口还记忆犹新,留下的传说一代一代讲述着。

这个古村镇不叫村不叫店,为啥叫"铜瓦厢"这么个古怪名字呢?以前,这里是个黄河险工的地方,大堤全是土堆起来的,被水冲刷得很厉害,大堤是年年修,年年汛期出险情。

镇上有个烧琉璃瓦的人家,烧制的琉璃瓦像铜一样黄灿灿的结实又好看。人们都叫这家主人铜师傅。琉璃瓦是盖庙宇、宫殿房顶不可少的材料,一般人家用不着,是个冷热买卖,平时没人问津,一旦有人要,就要的急、要的多,要应付这种情况,铜师傅家就存放很多烧制好的琉璃瓦。

这一年秋天,阴雨不断,黄河水像发了疯,卷着浪头冲刷着堤岸。黄河大堤虽有用芦草木材做的埽护着,可也经不住大水的日夜冲刷,时间一长,堤岸的土一片片向水里坍塌下来。河工们跑前跑后,这里培堤,那里加土,个个累得喘不过来气。没几天,大堤上事先准备的土用完了,这可了不得。河官就叫村镇里的人全出动,给黄河大堤上运土,以备护堤。铜师傅和家里的人们也都上来了,从别处挖土,又抬又扛地向大堤上运。

黄河水越来越凶,哗哗地冲撞着堤岸,那水像是手一样,堤岸的土一层层被扒拉下来。这里护着的黄河大堤有一二里长,一会儿这儿塌下来一片,一会儿那一层层堤土被水冲走。河工和百姓们不敢停歇,加堤护岸培土忙得晕头转向。不管怎么样,熬过了半个月,大堤出了几次险情,万幸没决口。

黄河水下去了,人们这才松口气。这一天,河官找来一些能工巧匠,商量怎样能护住大堤不塌土不塌方。铜师傅也来了,说:"黄河大堤这么长,咱全管也管不了,咱村这一二里大堤得护好呀,说啥也不能叫黄河在这里决口。"大家都说铜师傅说得对,咱得先保护住自己。要水冲刷不了堤岸,只有把堤岸向水的一面修硬修扎实,让水冲不动。大家商量来商量去,直摇头,没啥好办法。这时铜师傅在人圈外走来走去,扭过头一咬牙,对大伙说:"有办法了!"

河官忙问:“快说,啥好办法?”铜师傅说:“把俺家的琉璃瓦一块挨一块砌到大堤上,水再冲刷也没事。”这倒是个办法,这需要多少琉璃瓦呀?铜师傅说:“刚我算了,现俺家存的琉璃瓦,正好能护住咱这一里长大堤。”铜师傅又对河官说:“大人,你别怕,俺这琉璃瓦一文不要,全捐。”

大家感动得不得了。说干就干,没几天,就把铜师傅家的琉璃瓦全拉到大堤上,镶护到堤岸上。这一里长的大堤被琉璃瓦护住,像一条金黄的大带子闪闪发光。铜师傅的义举感动了大家,为了记住和感谢铜师傅全家,大家就干脆把村镇的名字叫作”铜瓦镶”了。过去镶和厢同音同义,为了好写,村民就写成“铜瓦厢”了。

(中一、王霞搜集整理)

洛阳牡丹的来历

古时候,中原大地上发了洪水,到处是大水,百姓们没法生活。大禹决心把洪水治理平定下去,学了他父亲伯鲧治水的经验和教训,率领指挥着广大老百姓劈山引水,挖沟排洪,花了几年工夫,治理了水患。黄河归了河道,水不乱窜乱流了,平地上露出了田地,百姓们有地种有饭吃了,一片欢乐景象。

人们刚过上安稳日子,谁知由于多年洪水阻滞、天气燥热,湿气瘴气聚积上升,世间疾病流行起来。有的腹泻肚疼不止,有的恶心呕吐不断,有的发烧,有的咳嗽,百姓们不能好好生产生活,又处在混乱之中。洛阳处在黄河、伊河、洛河环绕之中,疾病流行更严重。

大禹看到世上百姓又陷进灾难之中,这治病和治水不一样,自己对药材和治病一窍不通,他吃不香睡不着。又过了几天,疾病越传越严重,大禹想想就上天去瑶池找王母娘娘,求仙药,为百姓治病。

王母娘娘听大禹讲了天下百姓因病受折磨的情况,很是同情,就问众位仙子谁愿意下凡去为百姓治病,让百姓过上平安日子。

王母娘娘一问,早就有下凡意思的百草仙子、百药仙子上前齐声回等,愿意下凡去拯救天下众生。这些仙子们都是知药性懂治病的,王母娘娘点头答应她们下凡。这时,牡丹也站了出来,说愿意下凡,还说愿意去疾病最严重的洛阳,为天下苍生治病。

王母娘娘看着牡丹仙子,有些犹豫了,说:"人家百草仙子、百药仙子本身就是药材,又会医术,下凡去自有道理。你牡丹长得倒很美艳,又雍容华贵,今又不是叫百姓去欣赏你的花容,下凡去有何用?"

牡丹仙子早有下凡之意,忙说:"我不只长得美丽鲜艳,全身都是药材,根和皮能清热解毒,止血止痢,镇静镇疼;花能为妇女调经活血,就连叶子也有大用,能做染料。"牡丹说着,拿出一本书递给王母娘娘,是神农氏的《神农本草经》。王母娘娘看着书上讲的,这才明白了牡丹还可药用,就同意了。

大禹带着众仙子下了凡,把牡丹仙子安置在洛阳。从此,洛阳有了牡丹。

(王霞搜集整理)

铁棍山药

焦作温县北边是太行山，南靠黄河，在这个牛角儿之地产的山药吃着营养丰富，香甜可口；入药可补中益气，强阴壮体，健胃止泄，镇静安神；长服能耳聪目明，祛热排毒，强身健体，延年益寿，是一种非常好的食物药。铁棍山药又是山药中的上好品种，种植了几千年。人们喜欢这种皮色红褐，硬如铁棍的山药，它成了餐桌上的常用食材。

传说，神农尝百草时，来到温县北部的山中，发现了这种能吃的植物。那时，这里的人们因水土过浅，阳气不足，体弱多病。神农经常吃这种植物，发现这植物的根茎能吃，可充饥，还能去阴升阳，强身健体。神农用拐杖划了一条深沟，让百姓种这种植物吃。这条沟百姓们叫神农涧。这种植物和块茎叫山药。

后来，在部落相互争斗时，有一个小部落被一个大部落屡屡打败，一路沿太行山从东向西退逃到神农涧这里。大部落的首领下令围困住这里，以图把小部落的人都困死饿死。没几天，小部落的人被困得饥饿难忍，就到处找能吃的东西，这刨刨那挖挖，吃吃这尝尝那，有一天竟挖出了神农涧中的山药，一尝好吃，这群人就靠吃山药活了下来。过了好长时间，不但吃山药饱了肚子，还壮了筋骨，个个力气大增，精神百倍。大部落的首领认为被围的人，该饿得面黄肌瘦、无力应战了，就下令攻打。哪料竟被小部落一举打败。从此，这个小部落就在这里生活下去。

又过了好些年，人口多了，住的地方紧张了，不少人向南搬到黄河边，把山药也移到黄河边种植了。后来人们发现在山里长的山药和在黄河边长的山药有不一样的地方。

又传说，到三国时，常年在外征战的司马懿回老家给老母亲过生日。司马懿故里就在现在温县的招贤镇，过去叫孝敬里。司马懿回到家乡，地方官员送礼的不少，金银财宝、绫罗绸缎应有尽有，唯有一个地方小官送来了两筐山药。人家送来了，司马懿虽不高兴，也不能说什么，吩咐送到后院放起来。

送山药的小官看出了司马懿不太满意自己送的礼，就对司马懿说：“你不要小看这山药，这是黄河边垆土地里的山药。这垆土色黑，坚硬、粒粗、胶黏，长的山药和别处不一样，常吃能长寿。”接着他给司马懿讲了个传说。

这个小官讲，以前有个叫王然的人，在这里修身养性，一早一晚以吃山药为主，吃的是身强力壮，活到一百岁还眼不花、耳不聋，头发黑挺挺的，整整活了二百零八岁。司马懿听后说："真的?"小官说："你问问，都知道这事，虽是传说，这山药却是好东西，应该经常吃呀!"

司马懿心动了，叫把送到后院的山药搬过来，仔细看看，就是和一般的山药不一样，颜色黄褐，形像铁棍，质地坚硬。司马懿说，这山药和别的山药不一样，就该有个名，就叫铁棍山药吧！从此，温县的铁棍山药就叫起来了，黄河边垆土中的铁棍山药成了山药中的极品。

（申法海搜集整理）

蔡伦造纸的传说

蔡伦在朝里做郎中，官大权大势也大，同僚们都有几分怕他，连皇上娘娘也不敢轻视他。为啥？因为他正直、公道，敢于硬碰硬，不怕得罪人。要说对待百姓，他可是一个大好人，从不依官仗势欺侮人，还经常微服私访，救贫济困做善事。

那时，纸还没有发明，公文案件都写在竹简上，他每天办公要翻阅几百斤重的竹简，累得不行。由自己的苦累，他想到了很多人的苦累，由很多人的苦累，他想到了国家的利益。于是，他给自己提出了一项任务，要造出一种轻便、便宜、易于保存的写字材料。

说起来容易，做起来难。根本没影的事，从哪儿下手呢？他苦思冥想，仍没一点儿思路。有一天，他看见一个老头儿剥桦树皮，里边那一层一层的薄树皮，光滑轻便，拾了几片，反复观看，越看越觉得是写字的好材料。于是他把桦树皮带回家中，研墨提笔，写了几行大字。过了几天，桦树皮干了，表层皱巴巴的，就像七八十岁老人额头上的纹路，有的字也跟着变了形，他生气地把桦树皮扔到柴堆里去了。

但是，他没有失望，仍在继续寻找写字的材料。他为这事儿到底费了多少心，跑了多少路，谁也弄不清，只有他的好朋友张纸发现了一些异样情况，他的衣带渐渐宽了，他的语言更加少了，他很少谝闲，总是在凝神考虑什么。张纸问他，他笑一笑没说什么。

这一年春天，张纸回家给父亲过七十大寿，蔡伦也去了。张纸家住白水淮沟河，交通不便，山路难行。蔡伦为朋友肝胆相照，不辞劳苦，深受张家父子的欢迎。祝寿已毕，蔡伦从下榻处出来，独自一人到村外去游玩，走到一个水池旁边，看见一群小娃从池里掏出稠稠的浆质，摊放在破席片上去晒，晒干了就揭下来玩。他问小娃们玩的是啥东西，说是棉花皮。这名字真怪，蔡伦听也没听过。于是他从小娃手里要来棉花皮，左看右看，反看正看，看个没完，口里还独自念叨着什么。看了好久，他又向小娃要了几片，这才急匆匆向回走，回到下榻处，急忙研墨润笔，在棉花皮上写起大字，写着写着，他忽然大笑起来：

“我找到了！我找到了！”护卫的人吃了一惊，以为蔡大人犯了什么邪症，急忙围过来问长问短，问的结果，才知蔡大人为找到写字的好材料而高兴呢。众位刚放宽心，只见蔡大人向外跑去，到了小娃玩的池子畔，蔡伦稳住脚步，仔细察看了池子里的浆质，看了很久，仍不得要领，他便向村民询问。村民说这池子是一个死水潭，原先是饮牛的池子，后来，有人把弹花后剩下的烂棉花扔进池子，人们嫌脏，不再去饮牛，结果，大家都把烂鞋、臭袜子、绳头、烂皮片往里扔，扔的时间长了，水变成了糨糊状。小孩掏着晒干玩，大人也不知那叫什么。蔡伦听罢，心中暗暗打定主意，他叫护卫把池子里的浆质都弄来，晒成最薄的片片，然后他把这些片片裁成方形，摞成一摞，带回府中去了。

第二天，他奏明皇上，最好的写字材料找到了，并把带回的片片送给皇上试验。皇上试过后，把他夸奖了一番，并鼓励他试制。

他按照村民的说法，把棉织物撂进自己挖好的池子，然后用水浸泡。这些棉织物不知咋搞的，好几个月也变不成浆质，他急得用棍子搅，用椽子捣，搅了几个月、捣了几个月，终于使棉织物变成了糨糊状。他像前边那样晾晒，终于又得到好几沓薄棉花皮片子。为了纪念在张纸家乡的这一发现，蔡伦把这些棉花皮片片起名为纸，并把每一片叫作一张。从此，世上才有了纸这一名称。

但是，初次试制出来的纸，粗糙得很，又不十分柔软光滑，这又成了蔡伦心中的疙瘩，于是他向皇上上了表章要求辞职，去专心试验造纸。皇上不准。蔡伦再上表章，陈说自己当官只能利于一代君王臣民，造纸可利百代子孙，坚决请求皇上答应他的请求。皇上舍不得这样忠心耿耿的好官，还是不准。蔡伦又上第三道表章，言说造纸成功后，他还要返回朝廷，继续为君王效命。皇上看蔡伦意志坚决，含泪批准了他的请求。

蔡伦辞职后，即刻来到白水淮沟河，他请了几个帮手，昼夜忙着造纸，造出的纸果然越来越好了。蔡伦名字也越来越响亮了。买纸的人络绎不绝，尽管蔡伦一帮人日夜苦干，也满足不了人们的需要，他看到这种情景，就把帮手打发出来，让各自都去设造纸厂培养学徒，让更多的人掌握这一技术。

后来，皇上要蔡伦回朝复职，蔡伦又上表章推辞。皇上没办法，只好让他常住民间造纸。后来蔡伦享尽了天年，就死在淮沟河里。村人给他举行了十分隆重的葬礼，还给他修了庙宇，立了石碑。这石碑后来不知怎么被搬到马家寨的大路边，至中华人民共和国成立后还在那儿。现在不知道被谁搬走了。至于他造纸的池子，现在仍在淮沟河。

有人还说，蔡伦是被玉皇大帝召到天宫去了，在天宫里，他开了一个很大的造纸厂，声名大得不得了。玉皇大帝怕他的名声压倒了自己，几百年后，就把他降到西方凡间，让他在那儿造纸。因此，西方的造纸术比中国晚了几百年。

（周旭搜集整理）

沉香劈山救母

华山西峰顶上,有一块十余丈长的巨石齐茬茬地被截成三节,巨石旁边插着一把七尺高、三百多斤重的月牙铁斧。相传这就是当年沉香劈山救母的地方。巨石叫斧劈石,铁斧叫开山斧。

故事是这样的。有一年,王母娘娘寿诞,大摆蟠桃会,天上的各路神仙都来赴宴、拜寿。玉皇大帝的小女儿三圣母和殿前金童也来了,拜寿期间,他俩互相笑了一下。庄严的蟠桃会,怎容得这种轻薄的行为?众仙议论纷纷,玉帝知道后,大发雷霆,把三圣母贬到西岳庙旁的雪映宫去了,金童也被打下凡间。

金童托生在一个姓刘的家中,起名刘玺,字彦昌。刘家非常喜爱彦昌,每天叫他攻读经文,二十岁时他便中了秀才。那年皇王开科,刘玺上京赶考,路过华阴,闻听三圣母十分灵验,遂进庙求签,问问前程。他望着三圣母秀丽、端庄的塑像,不禁肃然起敬,便恭恭敬敬地摇摇签筒。事不凑巧,适逢三圣母外出赴宴,看门童子不敢贸然赐签。刘玺虔诚地抽出了第一签,一看是个白板空签,心中有点诧异。抽了第二支,还是空签。他惶恐地去抽第三支,把签筒摇了又摇、簸了又簸,久久不敢去抽,第三支签落在地上,不看则已,一看他满腹希望顿时化为乌有,全身瘫软。原来还是一支空签。刘玺定了定神,看了看三圣母像,提笔在墙上写道:“刘玺提笔气满腔,怒怨圣母三娘娘。连抽三签无灵验,枉受香烟在此间。”写罢,扬长而去。

三圣母赴宴完毕,脚踏祥云,高高兴兴地回到宫里,看门童子侍奉之后,将刚才的事情讲了一遍。她看了看墙上的题诗,又羞又怒,不由得骂道:“胆大的狂生,竟敢如此,不给他一点教训,怎知我厉害!”于是她唤来风伯、雨师,兴起雷电交加的狂风暴雨。刘玺正在赶路,忽然狂风大作,乌云四起,雷鸣电闪,大雨倾盆。一文弱书生怎经得起风吹雨浇,他踉踉跄跄,挣扎前行,终因雨大路滑,体力不支,倒在泥水之中。这时,三圣母透过云层,看见刘玺相貌堂堂,一表人才,便产生了爱慕之心,马上收起了雷雨,点化一座山庄与刘玺结为夫妻。

一日,三圣母下嫁刘玺怀有身孕的事传到二郎神杨戬的耳朵里,这位玉皇大帝的儿子,怎容得皇妹干出这种有失体面的事。便提起他的三尖两刃刀,匆匆向华山脚下的雪映宫奔去。

三圣母见哥哥来势很凶，急忙施礼问安，端茶让座，杨戬劈头就问是否婚配凡人刘玺之事。三圣母怎敢承认？这时，杨戬拿出闪闪发光、寒气逼人的宝刀，要求三圣母在宝刀上吹一口气，三圣母哆哆嗦嗦地吹了一下。杨戬一看，果然怀了孕，大骂三圣母不知羞耻，私配凡人，违犯天条，有失仙体，马上把她压到华山西峰顶上的一块大石头下面。

刘彦昌和三圣母结为夫妇，数日之后，上京考了进士，做了洛州知县。可怜的三圣母在那块石头下，受尽了各种苦难，生下了一个男孩起名叫沉香。她怕二郎神害了沉香，包好婴儿，写了血书，交给丫鬟灵芝，让她送往洛州。沉香长到十岁时，一天秦国舅的儿子秦官保，讥笑沉香没有亲娘，是个私生子。沉香大怒，失手打死秦官保，跑回家去，向父亲说了闯祸的根源，刘彦昌只得讲出真实情况。沉香听后，决心到华山救出母亲。

那日，吕祖正在蒲团闭目静坐，忽觉心中翻腾，屈指一算，沉香要来华山救母，心想这是一桩义事，我要助他一举成功。吕祖便亲自前往山下等候。沉香来到山下，见了一位道长，急忙施礼："请问道长这山可是华山？"

"问华山做什么？"

"救我母亲。"

"你母亲是何人，现在哪里？"

"我母亲是玉帝小女儿三圣母，被舅舅杨戬压在山上的石头下，故到此来救。"

"去不得！去不得！杨戬乃是天上凶神，心毒手狠，武艺高强，你小小年纪，岂是他的对手，劝你罢了此念！"

沉香大瞪两眼，说："为了救我母亲，哪怕粉身碎骨，也要和他较量一番。"

"有志气！"吕祖向沉香说："如不嫌弃，我愿传授你武艺，不知意下如何？"

沉香听罢，满心欢喜，急忙上前跪拜师父。从此，便在吕祖门下学艺。他每天起早贪黑精心学练，十八般武艺，样样精通。一天，吕祖外出，嘱咐沉香在家好好习艺。沉香闭了庙门舞枪弄棒，用心练习，饭时，不见师父回来，他又练了起来。一直练到太阳偏西，肚子实在饿得不行了，才去厨房做饭。他进了厨房，发现笼里有用面做的九头牛和两只虎，他觉得有些奇怪，但饥饿难忍，顾不得许多，就吃完九牛二虎，马上觉得力大无比。来到院中拿起平时用的武器，轻飘飘地不应手。他东张西望，见墙角放一碗口粗、八尺长的铁杵，用手一抓，不轻不重便挥舞起来。正在这时，吕祖回来了，他哈哈大笑，说："好了！好了！"沉香收起铁杵，双膝跪下，吕祖对他说："你的武艺学成了，可以上山救母了。开山钥匙在你舅父杨戬那儿放着，他有一犬一鹰，十分厉害。我赐你药丸两枚，圆的伏犬，长的伏鹰，到时自有用处。”沉香听罢，便提着铁杵，上山去找杨戬。他到了天门，看到许多天将簇拥着一位威风凛凛、傲气十足的大神，便打躬说道：“我叫沉香，前来救母，找我舅父要开山钥匙。”

杨戬听了，双眉竖起，大瞪两眼，吼道：“大胆畜生，竟敢放肆，早早滚开，免你一死！”

沉香看他那股神气，料是杨戬，便先礼后兵地说：“请你把开山钥匙给我，以便放我母亲出来。”“孽障！不给你点颜色，怎知我神威！”杨戬拿出三尖两刃刀，朝着沉香的脑袋劈下来。沉香举起铁杵，奋力一扬，只听“咔嚓”一声，那把刀断为两节，上半截朝天空飞去。二郎神又气又急，一声咆哮，叫来了哮天犬。哮天犬张着血盆大口，腾空扑来。沉香抛出圆药丸，哮天犬张口吞下，霎时牙关紧闭，躺在地上打滚。杨戬见哮天犬死去，又放出神鹰。神鹰双翅一展，遮天掩地，两只利爪，犹如尖刀。沉香又抛出长药丸，把那神鹰的两只翅膀都定在空中，上也上不得，下也下不来。这时，威风一世的二郎神满脸紫青，头疼身软，坐在一块石头上。沉香向前，索要开山钥匙，他只得命天将取出。沉香一看，原来是一柄闪闪发光的月牙斧。

沉香提着月牙斧：“娘啊！娘啊！”从北峰喊到南峰，南峰又喊到东峰，这边叫，那边应，始终找不到娘在哪里。他心想，纵然有了开山钥匙，找不见娘的住处，也难以救出娘来。于是，他便放声大哭，直哭得天昏地暗，日月无光。一位山神听见沉香的哭声，深深感动，跑来说：“孝顺的孩子啊，你的娘在西峰”。沉香这才抖擞精神，迈步登上西峰，大喊一声：“娘呀！”立即听到“儿呀，娘在这里”的回声。沉香腾空越起，高举铁斧，朝着峰顶奋力劈下，只见万道金光一闪，霹雳之声震天，峰顶被劈开一道缝，三圣母徐徐走了出来。

当年沉香大哭的地方就叫“孝子峰”。

刘彦昌在洛州听说沉香救出了三圣母，便弃官不做，来到华山，一家人才得以团聚。

沉香劈山救母的故事，早已在民间广为流传，深入人心。现已被搬上戏剧舞台，秦腔剧“劈山救母”与京剧“宝莲灯”均演唱的是这个故事。

（周旭搜集整理）

鲤鱼跳龙门

东海里的大群金背鲤鱼、灰眼鲤鱼,听说禹王要挑选它们鱼类当中能够跃上龙门者去管护龙门。鱼类都跃跃欲试,它们成群结队,沿黄河逆流而上,向龙门游来。

灰眼鲤鱼被河水中的泥沙冲得透不过气来,就拐过头,顺流游回去了。金背鲤鱼和白肚鲤鱼摆成一字长蛇阵,迎风顶浪,日夜不停地逆水而上,终于到了龙门山下。它们把头仰出水面,仰望龙门胜景,两边高山入云,陡崖千丈,黄河水滔滔滚滚,巨漩相连。石山上刻有昂头的一条飞龙,河水翻浪,小珠可飞溅到龙头之上,构成了奇异的洞天。鲤鱼们看到龙门胜景,心旷神怡,便向禹王报名应试。禹王高兴地说:"鱼龙本是同种,凡是能跃上龙门的,便可变成龙,并且来管理龙门。"

众鲤鱼一听,立即鼓鳃摇尾,使尽全身之力向龙门跃起,谁知跃出水面一丈多高,就跌落下来,又摔在水面上。它们并不灰心丧气,而是日夜苦练摆尾之功,练了七七四十九天,一下能跳七七四十九丈,但要跳过百丈龙门,还差得很远呢。禹王见众鲤鱼肯苦练硬功夫,就点化它们说:"好大一群鱼。"金背鲤鱼听了,若有所悟,就对众鱼说:"禹王说'好大一群鱼',这不是启发我们要同心合力吗?咱们各跳各的,怕永远也跳不上去。"众鱼说:"你说得对,我们永远跳不上去,也就永远没有变龙的希望了,你是不是为我们想个好办法,让我们跃过龙门。"

那个金背鲤鱼为难地说:"我倒想了一个办法,叫'垫背法',即第一条鱼跃上去,第二条随着跃上去,落在第一条鱼背上,稍喘口气,再向上跃,这样互相垫背,也许能跃上龙门。"

言罢,它自告奋勇,愿作第一个垫背鱼,它跃上去,就是原先苦练出来的四十九丈高,第二条鱼跃上去落在它的背上,稍作休息,再一跃,又跃了四十九丈高,这样再差两丈高就跃上龙门了。大禹看见,暗暗用手扇过一阵清风,鱼借风力,便跃上了龙门。

这一办法,众鲤鱼看得清楚,便依法飞跃,一条条鲤鱼都跃上了龙门。最后只剩下那条垫背鱼了,它寻思,我没有垫背的,只有凭借激流试一试了,若再跃不上去,我再苦练七七四十九天,就一定能够跃上龙门。

它在水中游来游去,等待机会。忽然一股激流,冲在龙门河心的巨石上,激溅起四十多丈高的大浪,那条金背鲤鱼就借助那股激流,腾空而起,它又猛然用尾巴狠击浪花,竟跃到蓝天白云之间,一眨眼便轻轻飘落下来。禹王一见,惊叹不已,随即在它头上点了一点红。霎时鱼龙变化,金背鲤鱼,竟变成一条黄金龙,禹王就命它率领众鲤鱼管护龙门。

韩城自古读书人多,凡"童生"进仕,都说是鱼跳龙门。还说"一登龙门,身价百倍"。

现在,黄河渔夫每捕到头顶带红的鲤鱼,不论大小,都立即放回河中,因为它是要成龙的。

(陈向新搜集整理)

黄河水酿美酒

南靠黄河的武陟县有个西滑封村。西晋时，西滑封村中有个赵松，他性情豪放，酷爱饮酒交友。那时，太行山百家岩中隐居着几位文人学士，被人们称为“竹林七贤”。由于志向和兴趣相投，赵松和隐居的阮籍、向秀、嵇康等交情笃厚，他们常饮酒作乐，谈天说地，论古道今，评论朝政。他们聚在一起，不喝个烂醉，从不罢休。

赵松有房有地，还有两座手工作坊，日子舒坦富足，为人乐善好施。他事事如意，只是年近半百，身前无子无女，这成了他的一块心病。不知是他忧心成疾，还是年迈该病，身体竟一天不如一天，常常气喘咳嗽，四肢乏力，有时连床也不想起了。望着万贯家产，赵松心中不是滋味，时时长吁短叹。赵松的妻子温柔贤惠，也曾东山拜佛，西山求子，南山烧香，北山许愿，怎奈天不应，神不灵，始终没有怀胎生育。

这天，刘伶应阮籍邀请，从河北来到百家岩，带来一坛好酒。刘伶酒瘾大，酒量也大，还没和赵松见过面。平时阮籍、嵇康、向秀与赵松喝酒，从来都是赵松请客。今日有了好酒，阮籍自然忘不了赵松，就商量着等向秀回来，一起去拜见赵松，并送上这坛好酒。阮籍就把这坛酒放置起来。

为在百家岩种竹子，向秀到西边去找竹苗了。阮籍算算日子，向秀该回来了，就和嵇康陪刘伶一边散步一边去接向秀。他们从大路下去，不料向秀扛着竹苗从小路上来，没有见到面。

向秀放下竹苗，早已累得满头大汗，疲惫不堪。他向床上一歪无意中发现了阮籍藏起来的酒。打开酒坛封口，向秀一闻，酒香冲鼻，心中一乐，笑了笑说：“好呀，你们放着好酒，看我给你喝个光！”他嘴对坛口，咕咕咚咚，把酒喝了个精光，来了个坛底朝天。他们之间，不分你我，相互每每戏谑取乐。向秀喝完酒，浑身筋骨舒展，疲劳顿消；眼珠一转，来了主意，凭他脚大腿快，转眼跑到西滑封村外。

西滑封村外有个大水塘，无论天旱天涝，里边总是满满一池水。据说在很多年前，这水塘里住过五条龙，人们把这个水塘叫五龙塘。五龙塘的塘底和黄河相通，黄河水一流到这里，就变得清凌凌、甜丝丝，冬天暖，夏天凉。

向秀跑到五龙塘边，灌了一酒坛塘水，又忙跑回去，封好坛口，放回原处。

他笑眯眯地说:“叫你们喝好酒吧!”就不辞而别,又下山去扛竹苗了。

等不来向秀,阮籍、嵇康和刘伶第二天一早,带着那坛酒,去拜见赵松。

赵松还未起床,妻子闷闷不乐地坐着。听说好友来了,赵松只有强打精神,起床相迎,与刘伶三人见了礼,即摆上一桌好菜,拿出一坛好酒。赵松一来身体不舒服,二来心事重重,强装笑脸,喝了两杯,就要借故离席,让阮籍、刘伶他们随意而饮。刘伶从来狂放不羁,交友赤诚,初次见面,赵松就如此,心中不悦,说:“赵兄,我刘伶初次登门,本应一醉方休,你为何这么不赏脸呢?这是我特地从千里之外带来的好酒,来来来,敬你一杯。”说着打开酒坛封口,倒了一碗,双手捧到赵松面前。

赵松妻子见慢待了客人,忙上前解释说:“他近日不舒服,不能饮酒。还是饶了他吧!”阮籍知道赵松的心病,说:“赵兄不喝就算了!”刘伶不依,端碗要灌赵松,赵松妻子忙拦住刘伶。刘伶火了:“赵兄不喝也可,只有嫂子代劳了。”赵松妻子虽说平时也能喝上一杯两盏的,可今日看这满满一碗酒,心里也怯怯的,不敢伸手接。刘伶不放过,就要翻脸。赵松不愿伤了和气,苦笑一声,起身接过酒碗。赵松妻子闪臂挡住赵松,抢过了酒碗。她对刘伶朗声一笑,说:“恭敬不如从命,我喝了!”

赵松妻子先抿嘴品了品酒,一点酒味没有,又试着喝了一口,清冽冽、甜丝丝的,透人肺腑。本来她也是心中干渴焦躁,一口下去,竟舒服了许多,她想,这坛里怕不是酒吧,一伸脖子,一饮而尽。刘伶见赵妻也是海量,又倒了一碗,要她喝。赵松妻子说:“贤弟的心意我领了,舍命陪君子,你这坛酒我喝了。你刘伶是天下有名的海量,今天又初到我家,我这坛酒你不能不喝吧!”说着她把自家的那坛酒放在刘伶面前,要对着喝。

这可吓坏了赵松,忙叫不可不可。刘伶微微一笑,说声可以,抱起酒坛。赵松去夺妻子手中的酒坛,被哈哈大笑的阮籍推开。嵇康火上加油,说:“今天是老嫂陪小弟,谁醉倒了,我接着喝。”

可叹刘伶哪知坛里是水不是酒。赵松妻子一坛水下肚,越喝越舒服;刘伶一坛酒下肚,把他喝了个头眩腿软,醉趴在地上。

许是不该赵松绝后,自妻子喝了那一坛五龙塘里的水,肚子里有了异常动静,过了月余,才知怀上了喜。

赵松见妻子有了身孕,愁容一扫而光,就请来阮籍,一来道歉,二来喝个高兴酒。

阮籍和向秀、嵇康、刘伶都来了,大家说明上次喝酒的实情,个个哈哈大笑。大家都说,看来这水不但能饮用,还有奇效。赵松也说自己无意中得福,十分高兴。

他们喝酒喝到深夜，都有了八分醉意。赵松要嵇康占卦，看看妻子怀的是男是女。嵇康对占卦虽不相信，却懂得一些，起卦一算，大吉大利，赵松必喜得贵子。赵松心花怒放，加菜添酒，喝了个酩酊大醉。

赵松一向心细，又求子心切，就又找了个占卜高手，占了一卦，妻子肚里是儿子无疑。赵松一高兴就来了精神，病也没了，精心照料妻子，让她好好调养身子。

转眼过了半年，赵松妻子的肚子大起来了，亲朋好友见面就吵着让他将来要好好请客。

赵松一向好客，就着手安排生儿子请客的事。他想，自己一生以酒交友，这么大的大喜事，一定要喝好酒。于是，赵松亲自去请来了木栾女。

木栾女祖居武陟，前人代代是酿酒名师，只因父亲没有儿子，就早早把一手酿酒技艺传给了女儿。赵松和木栾女的父亲也是好友。木栾女一听，也为赵家高兴，答应要专门为赵松酿酒。

木栾女听说赵松妻子是喝五龙塘水怀的孕，就到五龙塘边，取水细细观察，三番五次品尝，凭祖传经验，知道这是酿酒的水。赵松给木栾女送去了五龙塘水。木栾女亲自酿曲发酵，细心勾兑，用五龙塘水，酿造了三十六坛酒，把坛口密封，送给了赵松。

木栾女送去酒时，正好刘伶几个人在。刘伶要尝尝木栾女酿的酒，木栾女说："这酒现在还不能喝，先埋在地下，不到为儿子办满月那一天，不能刨出来起封开口。"刘伶说："怕是你造的酒不行吧，故弄玄虚哄人。"木栾女哈哈大笑说："到时，你喝了酒再说，不把你醉上三天，算我木栾女造酒无能。"刘伶就和木栾女击掌打赌：此酒不见刘伶不起封，刘伶不醉不是好酒。

赵松埋了酒，单等妻子生产，儿子出世。转眼赵松妻子临产，不料呱呱坠地的不是儿子，却是一个女孩。赵松满怀希望的心一下子凉了，垂头丧气，大为扫兴。

阮籍知道赵松妻子生产的消息后，扳指头算到九天，前来贺喜。赵松说："一个千金，有什么可喜的。"连酒也没让喝。向秀几个人嚷着不愿意。

阮籍说："姑娘也是一喜么，等到孩子满月，一起喝吧！"

赵松不高兴，眼看孩子满月到了，还没有宴请宾朋之意。这时又遇上官府到处缉拿阮籍他们几个人。阮籍和嵇康等离开百家岩，分头藏匿在外。这样，也没人来打搅赵松了。赵松深为阮籍他们的安危担心，更没摆酒设宴的兴致了，埋在地下的酒，也就叫它们埋在地下吧！

日月如梭，一晃就是十八年。赵松的女儿出落得像出水芙蓉，成了个亭亭玉立的大姑娘。女儿十分孝顺赵松夫妻，在家里里外外操劳，十分勤劳。时间长了，赵松就把女儿当儿子看待，心里的不痛快全消了。

女儿大了，说亲的踏破了门槛，赵松一一谢绝。后来，知县大人也托人来为儿子求亲了。赵松请来阮籍、嵇康，想听听他们对女儿婚事的见解。阮籍早已看透了赵松的意思，说："赵兄，女儿是你的，还是你拿主意。"赵松故意叹了口气，说："唉，就让她攀个做官的人家吧！"嵇康一听就变脸，发起火，说："做官的没好东西，你结官亲家，咱就各奔前程了。"阮籍拦住了嵇康的话头，对赵松说："这是你的真心？"赵松笑了，说："不是。"嵇康也转怒为笑，问道："那真心是什么？"赵松避而不答，一定要阮籍先讲讲他的意思。阮籍说："咱们谁也不要先说，你把你的打算写在纸上，我猜猜就是了。"赵松进内室把主意写在纸上，又回来把纸反扣在桌上，让阮籍猜。

阮籍不慌不忙，胸有成竹地说："你的主意是认酒不认官。"赵松爽朗地笑了，翻过纸片，上边赫然写着"认酒不认官"五个字。嵇康顿时来了兴趣，说："对，这主意好！官场里的官员们个个尔欺我诈，为非作歹，千万结交不得。叫侄女找个造酒巧匠，能酿造美酒，一来造福世人，二来叫咱这些老叔们也能常享口福。"

随后，赵松放出风声，要以造酒技艺选婿。

县官的儿子是个聪明漂亮的小伙子，他烦透了官场的那一套。他和赵松的女儿见过面，心里喜欢她，听说赵松要以造酒技艺选婿，就放弃了进京赶考的机会，找到木栾女，拜师学起酿酒来。

县官的儿子勤学苦练，半年功夫就学会了造酒，带上自己酿造的酒，去赵松家求婚。赵松一一考问了他酿酒的技艺，又考问了他酒的渊源，饮酒的学问。他对答如流，赵松满心喜欢，和妻子又把县官的儿子打量一番，见他一表人才，就答应了婚事。

赵松刚答应了这门亲事，就出麻烦了，一个叫杜生的年轻人，自称是造酒先师杜康的后代，听说赵松以酒招婿的事，就千里迢迢来到西滑封村，用五龙塘的水，酿出十坛酒，送来求婚。

赵松见杜生，就喜欢上了，可一个女儿不能嫁给两个人，咋办？赵松请来阮籍，商量办法。阮籍把杜生和县官的儿子都叫来，当面问过，两人酿酒技艺都好，人品也好，博才多学，十分喜人，这一来，谁也没了主意。

县官的儿子见有人来争亲，回家把事情告诉了父亲。县官一听笑了，说："这有什么难办的，明天我亲自去见亲家。"

赵松听说县官大人要来,慌了手脚,怕惹麻烦,想避而不见。妻子劝他,自己的女儿自己做主,见见他,看看这位县太爷是何态度,再打主意不迟。赵松想想也是,就火速差人去请阮籍、向秀、刘伶等人。

县官来了。赵松把他迎进客厅,大家落座,阮籍他们要看看县官大人如何处理这场亲事。

县官把儿子和杜生叫来,又唤来赵松和女儿,他对赵松说:“你既已把女儿许给我家,就不能反悔了。”赵松张张嘴,不知怎样回答才好。刘伶呼地站起来,说:“你要依仗权势,强人所难,这婚事就成不了!”县官没有急,反而挥手叫刘伶坐下,说:“我儿子这亲事就定了。赵兄身边无子,把杜生收为义子,我有一姑娘,年已十八岁,我当面许给杜生。”说着,县官叫人把在门外等候的女儿传来,见过众人。

县官转过脸问杜生:“我如此安排,你可同意?”杜生一看面前的姑娘如花似玉,便一口应承,向县官跪下,喊声岳父,干脆利落地磕了个头。县官忙说:“还不赶快拜过义父。”杜生又向赵松夫妻磕了两个头。

赵松还在愣着,问县官:“你,你这是何意?”

县官说:“我早已厌恶官场,孩子成亲后,就辞官为民,酿酒为生。”

一席话,把大家都说乐了。

赵松选了吉日,为女儿择婿,为杜生完婚。赵家两桩喜事一起办,热闹非凡。赵松请来了木栾女,起出埋在地下的三十六坛酒,大宴亲朋。阮籍和刘伶他们作为贵宾,早早来到。

正午时分,鞭炮响过,两对亲人拜过天地,宾客入席,三十六坛酒捧了上来。

此时,刘伶站起来,说:“各位亲朋,今天都是来为赵老兄贺喜的,本来这酒应一同举杯共饮,只是我和木栾女有言在先,我开封尝过,大家再喝。”本来就是热闹事,大家一听说打赌之事,便一齐起哄,齐声说行。

木栾女亲自动手,把一坛酒的封口取下,让自己的徒弟、县官的儿子捧给刘伶。刘伶接过酒坛一闻,一股酒香窜入肺腑,一阵心旷神怡,不由连连吸了两下鼻子,叫道:“哎呀!好酒!”

酒香勾起刘伶的酒瘾,哗地倒出一碗,端起一饮而尽。一碗酒下肚,刘伶就飘飘然了。木栾女哈哈大笑,说:“刘伶,你醉了!”刘伶说:“我,没,没……”醉字还没出口,腿就软了,前后一晃,幸被向秀扶住,没有趴在桌子下。刘伶这一醉就是三天,醒来时还直叫好酒!好酒!

席中,杜生把他酿的酒也献上来。大家喝后,齐夸他不愧为杜康后代,造的酒不同凡响，与木栾女造的酒各有千秋。

木栾女听大家夸酒好，就说："这酒之所以好，是因为这通着黄河的五龙塘的水好！"

县官听后对赵松说："亲家，你女婿、儿子都是造酒的人，何不让他们在这里开办酿酒作坊呢！"

赵松说："我以酒招婿，以酒交友，正是这个主意。我即刻就让女婿、女儿在五龙塘边营造作坊，请木栾女为师，酿造木栾女传授的酒。"

木栾女说："好，我定倾囊传授，把酒酿得更香更醇。"

赵松拱手谢过木栾女，就问大家，这酒叫什么名字呢？

阮籍早已胸有成竹，说："我说呀，就叫女儿红酒！"接着他讲了叫女儿红的道理：一，这酒是木栾女所酿造，当时她是位大姑娘；二，本来这酒是为生男孩酿的，实则为女孩酿造了好酒；三，这酒埋了一十八年，女儿出嫁时才起封开口，这是红喜。女儿又名叫红红，这酒叫女儿红，最好不过。众人听了，拍手称赞女儿红这个酒名字好。

这时，杜生来到阮籍面前，要为他酿的酒讨个名字。阮籍还在思索，嵇康就开口说道："这酒是用让赵嫂怀孕之水酿造，这里又是怀州之地，酒又醇又香，又是杜康后代酿造，我看，就叫'怀馥康'吧！"

县官笑道："我喝了杜生酿的酒，一下子心里头开朗了许多。"阮籍脱口说："这叫一樽怀馥康，千年沉郁散。"

接着，阮籍挥笔写了"女儿红"的酒封，嵇康不用相请，写了"怀馥康"的酒封。

很快，五龙塘边起了两座酿酒作坊，一家是木栾女的徒弟以木栾女传授的技艺酿造的女儿红酒，一家是杜生用杜康传授的技艺酿造的怀馥康酒。

（申法海搜集整理）

仓颉造字的传说

一、发奋造字

仓颉是黄帝的史官，开始一直用祖传结绳记事的老办法记载史实。但时间一长，那些大大小小、奇形怪状的绳结都记了些什么，连仓颉自己也没法辨认了。

有一次，黄帝要和炎帝谈判，命仓颉整理几年来炎帝侵境杀民的事实。仓颉在记史的库房里泡了几天，泡得头昏脑胀，耳鸣目眩，仍然出了差错，使黄帝的氏族受了损失，为此遭到黄帝的指责。

这件事使仓颉受到了很大的刺激。他决心要搞出一种简单易记的符号，让大众都能用符号表达思想，传授经验，记载历史。他想了又想，一直未想出办法来。后来，母亲劝他到父老乡亲中去开开眼界，妻子送他上了阳关道。他跑了九九八十一个村落，翻了七七四十九座大山，趟过八八六十四条河流，拜访了九百九十九个善思会道的人。腿跑肿了，脸饿瘦了，汗水淌干了，头脑终于开窍了。他回到家乡的白水县杨武村，躲进村西头的山沟里，着手整理从大众中采访收集的材料，创造代表世间万事万物的各种符号。为了不受外界干扰，他不让亲朋知晓，不让妻子近身，连吃饭也不回家，让母亲送饭也只放在约定的地方。

这样连续两年时间，他一直钻在山沟里不肯露面。有一天，母亲去山沟送饭，事先不打招呼，悄悄走进了儿子住的地方。到那儿一看，母亲大吃一惊，只见满沟满岔的石猪石羊唉哟唉哟地驮石头，数不清的石人吭哧吭哧地砌楼房。母亲惊讶地喊道："乖乖，看把石人累坏了，石猪石羊多可怜，快让他们歇歇吧！"话音刚落，石人扑倒在地，石猪石羊也都卧倒了，山沟立即变得寂静无声。仓颉听到母亲的声音，急忙跑出山洞，见此情景，干着急而没有办法。

原来，仓颉孤身住在山沟内，日夜忙着创造新的符号，为了叫起来方便，他给每一个符号都起了名字，这种符号的名字就是字。这些字是仿照万物的形态造出来的。比如："日"字，是照着太阳红圆红圆的模样画的；"月"字是仿照月牙儿的形态描的；"人"字是端详人的侧影画的；爪字是观察着鸟兽的爪印涂的……仓颉就是这样细心观察万事万物，辛辛苦苦创造着字儿，时间长了，他造的字越来越多。那时，世间还没有现在使用的笔墨纸砚，他就折来沟岔里的树枝，把字写在山洞的墙壁和地上，一个山洞写满了，他又挖出第二个山洞继续写。他的这种精神感动了玉皇大帝。玉皇大帝给仓颉托梦说："人间没有字，万古如黑夜。你快点造字吧，不要担心没处写，我给你造一座石楼，能把你造的字全部藏在里面。"第二天，仓颉出门一看，只见石人挖地基打夯，石猪石羊驮石头，心知天神在暗助他，十分高兴，造字的劲头更大了。等他把第二个山洞画满后，石楼已砌了一半了，仓颉又挖出第三个山洞，正在紧张地造字。不料母亲贸然进来，一句话泄露了天机，破了仙气，石楼没有修成。至今，杨武村西头的沟仍叫楼子沟，石楼东西两边的腿子还能看到痕迹。据说，石楼修成后，在楼顶可以俯视西安，卧看北京，能听见天宫群仙聚会时的说话声，可招来百鸟绕楼齐鸣，白水附近地方，也要出三石六斗油菜籽多的官呢。

仓颉造出的三窑字因此无处妥善保存，只好全部记在心里。然后，他走出山洞，回到村庄，去教给兄弟姐妹们。但是，家乡的人习惯用老办法记事，他们不肯学习用字记事。仓颉一气之下，跑到外地给人们教字去了。据说，仓颉在长安的张宫村设馆收徒，教出了数千名会写字的学生，还到河南、山东、河北各地去过，在那里办过教人写字的学堂。

后来仓颉又回到故乡，那时他已年过半百，眼睛昏花了。家乡的子弟们这时也都觉悟了，求他教字。他高兴地坐在凳子上，伏着桌子，一个字一个字地教，终于使家乡的子弟们学会了写字。不过，他年轻时是站着悬腕写字，写得龙飞凤舞，笔力雄劲，教出的学生也是站着悬腕写字。而教家乡子弟时，因为他年纪大了，是坐着伏在桌子上写，家乡的人也只会这样写字。这件事，使仓颉很伤心。

仓颉到底创造了多少字，据说有一斗油菜籽那么多。而人们却没有学全，就是后来的孔圣人也只学了七升，还有三升没有记全。仓颉就将它们撒到边远之地了，这才使外国人有了文字。

二、仓颉造"法"字

仓颉造了那么多字，却为一个"法"字忧愁了好久，想来想去，仍不得要领，烦得实在不行了，就到村外去散步。忽然，一只状如山牛、头长一犄角的怪兽，从他身边跑过，跑到一片小树林子里，就用自己尖利的触角去顶那些长得七扭八歪的树，顶倒一棵，又顶一棵，样子十分凶狠。不一会儿，那些不端正的树都被它顶倒了，独独剩下一些端正高大的法树。仓颉感到奇怪，悄悄地跟在怪兽后边，看它要干什么。

怪兽休息了一会儿，满意地看了看树林子后，便优哉游哉地走了。正走着，前边突然传来吵闹的声音，怪兽便停下来，警惕地竖起耳朵静听。听了一会儿，又愤怒地向吵闹的地方奔过去。仓颉吓蒙了，惊呆了，及至醒转过来，慌忙尾随其后，紧追不舍。他正要大声警告吵闹的人赶快避开，但是，还没等他跑到跟前，那怪兽已用独角把一个彪形大汉顶落在溪水中，还要顶时，只见那大汉跪在水中作揖磕头，口里不住地呼叫求饶。而岸边站着个人的手里死死抓着一头野猪，眼看着怪兽攻击落水者，他丝毫也不害怕，更没有搭救落水者的表示，脸上还流露着得意之色。仓颉看到这些，对这个见死不救的人心里产生了憎恨的情绪。他把落水者救上岸来，让他上岸快逃。谁知落水者不但不逃，还给站在旁边看笑话的那人作揖说好话。仓颉感到非常奇怪。

原来，这两个人同住在一个村子里，清早间作伴上山打猎。落水者懒惰，走到半路不走了，躺下来睡大觉。站着的那位独自进山打猎，冒死打回一只野猪，费力背了回来。而落水者见到后，非要分一半不可。站着的那位不给，俩人便吵了起来，那彪形大汉正要动手打人，怪兽过来一角把大汉顶倒在水中，要不是大汉知错求饶，恐怕连命也难保了。

仓颉好奇地问："那怪兽不伤人吗??"

站着的那位说："不伤好人，专伤坏人。如果它见到有人争执，就攻击邪恶的一方，听到有人争论，就咬不正的一方，公正允当，不出偏差。"

听到这儿，仓颉感慨万分，问那怪兽叫什么名字，两人都回答说叫"廌"。

就这样，怪兽在仓颉的头脑里留下了良好的印象。当他回到家里，又要造"法"字时，便不由得又想起了怪兽。他想，法应该是端正的，端正得像法树那样；法也是公正允当的，见邪恶就要敢于攻击，正直公道。我何不从这样的角度来造"法"字呢？于是，他终于想出了一个理想的写法"灋"。这个写法的意思是，顶不正的人和物，一直把他顶倒，使世界变得公平，平得像水一样。因此，"灋"字为"廌"字下边一个"去"字，左旁加三点水儿。以后，才逐渐把它演变简化成今天这种写法。

三、仓颉造"够"字

够字咋造，仓颉一时想不明白，于是就去问黄帝。黄帝是个大智大勇的人，当时也被难住了，于是就和仓颉一起商量。他问仓颉："天下的事情，什么使你感到满足了，什么使你感到不满足？"仓颉回答说："食能饱腹，衣可蔽体，我就感到满足了，而知识再多，却永远感到不能满足。"黄帝说："食仅饱腹，衣仅可蔽体，这只是最起码的要求，而我作为黄帝，其目标是使天下人不仅能吃饱，还要能吃好，不仅要穿暖，而且还要穿得体面好看。你对衣食感到满足，是因为你一门心思想着造字，别的事顾不得去想，而我是一族首领，总感到我们民族在这方面还很缺乏，感到还不够。”

仓颉问：“那什么使你感到厌烦了呢？”黄帝答：“大臣们议事，啰哩啰嗦，我听着他们说那些多余的话，心里厌烦极了，再多说一句话，我就感到烦得不行了。”

黄帝这么一说，仓颉的头脑立即开窍了，忙蹲下身子，用指头在地上写了两个不同的字，一个是“多”左“句”右，一个是“句”左“多”右，这两个字哪一个作为够字，他一时拿不定主意。黄帝看了看，想了想，说：“就让这两种写法都存在吧，叫人们记住，少说废话。”

就这样，够字造出来了，且有两种写法。

四、仓颉造字鬼哭龙藏

仓颉生活的那个时代，山鬼成精，到处害人，妖龙魔法更大，动不动发一场大水取乐，百姓遭殃，只得用整猪整羊整牛敬献它们，祈祷它们可怜百姓。山鬼妖龙更加猖狂，作恶不止。

仓颉创造了文字，就能把世间所有的善行恶德统统记下来，传之后世，让人们记住它们干的坏事。山鬼听到这个消息，心里发慌，唯恐自己的丑行被记录下来，便四处寻找仓颉，想把仓颉害死，但寻来寻去没有找到仓颉。于是就去联络妖龙。妖龙听了山鬼的话，满不在乎地哈哈大笑，说：“让我给你显点本领，管保他十个仓颉死掉五双。”说罢，妖龙喝来虾兵蟹将，掀起巨浪狂涛。刹那间，千百里地面立即变成了汪洋大海。山鬼高兴得手舞足蹈，料定仓颉死路一条。

但是，妖龙高兴得太早了。仓颉不但没有被淹死，还被玉皇大帝请去赴了一次蟠桃宴会。宴会上，玉帝还表扬了仓颉造字的功绩，并下令天宫诸路神仙和金童玉女都要学会仓颉创造的文字。这样一来，仓颉的名声更大了，而且处处都有神仙保佑。

待到仓颉返回人间，只见赤地千里，人死房塌，心中好不悲伤。他知道这是妖龙在作恶，心里愤恨极了，决心把他的丑行记录下来。但是，他看到人间生民全都被害而亡，悲痛欲绝，便昏昏沉沉地走到一处悬崖上号啕大哭，哭得天昏地暗，冷风飕飕。哭罢之后，他便跃身准备从悬崖上跳下去。说也奇怪，他跳下悬崖，却像浮在水上，怎么也落不下去，他又走上悬崖，举起一块三棱巨石，要把自己砸死。当他举起巨石，正要朝自己砸下去时，却不知谁在空中把巨石接走了，他抬眼去看，四海茫茫，空无一人，他正觉奇怪，忽听空中有人说话："苍生已经复苏，一切恢复原貌。你还不快点回去。"话音刚落，他看见全村男女老幼向他奔来。他问乡亲："这是怎么回事？我在阴间还是在阳世？"乡亲们都说是在阳世。他又问："你们不是被大水淹死了吗？怎么能跑到阳世来呢？"大家都说没有发大水，是做了个梦，梦中听见有人喊："快去救仓颉。"他们这才跑来了。他们又问仓颉为什么寻短见，是不是碰见不顺心的事了。仓颉说了事情的原委，大家方知是玉帝在天显灵，使他们死而复生，便朝天叩拜了一番，才回村子去了。

这件事传到山鬼妖龙那里，使他们大大地吃了一惊，但他们仍不甘心，认为不除掉仓颉，以后永远不得安生。经一番计划，他们依计分头行动去了。

有一天，仓颉正在整理他造的字书，忽听有人叫他，抬头看时，只见一妙龄女子站在身边，天真活泼，含羞带笑，几番启动朱唇，欲言又止。仓颉是个正派人，见此不由恼怒，沉下脸问她有什么事。那女子忽然低下头去，可怜巴巴地说，她家住在后山，久闻仓颉造字，全村人都想学。她走亲戚路过这里，想请先生一道同行去给他们教字，只怕先生不肯答应，故欲言又止，万望先生切勿见怪。仓颉信以为真，转怒为喜，好言安慰后，便背上书捆，和那女子一同朝后山走去，走到深山处，尽是骷髅跳舞，死鬼唱歌，仓颉一看不好，急忙转身要逃，却见那女子瘫软在地。仓颉急忙用手去搀，那女子却就地一滚，腾空而起，转眼变成了另一副模样：口如血盆，舌头吐出一尺多长，只见她哈哈大笑，声震崖壁，一双长长的干骨头手指伸来，一把抓走了仓颉的书捆。眼看一生的心血就要毁于一旦，仓颉心中十分着急。正在这时，那书捆中突然飞起一团火球，直朝那女子身上飞去，待到挨近女子，忽然烈焰腾空，火势强猛，直烧得那女子痛声惨叫，丢下书捆，逃入山洞。而丢在地上的书捆，虽经大火，依旧完好。仓颉挣扎着爬到书捆旁，一把抓住，双手紧紧地抱在怀里，好像护着心肝宝贝一样。但是，他浑身发软，不管怎样挣扎都爬不起来，心里既着急又害怕。正在这时，半空中传来声音："仓先生，不要怕，有本山神在此，料他山鬼把你无可奈何。快随我走。"话音刚落，仓颉像被人搀上云端似的，一股清风从身后吹来，不一会儿就飘飘悠悠地回到了家中。这件事一经传开，人们都说字是宝贝，能避邪气，能镇山鬼，学写字的劲头更大了。

又有一天，仓颉正在给一群青年后生教字，突然一股旋风吹来，旋风中裹挟着灰土沙石，打得人抱头缩身，不敢睁眼。待到风静之后，仓颉睁开眼睛一看，却见书页被风卷上半天。追了一天一夜，追到浊浪腾空的黄河岸边，却无法前进了。这时，旋风突然停止，书页纷纷落进水中。仓颉一急，索性舍出性命去水中搭救书页。这时河水暴涨,浪如山峰。但仓颉触礁不死,撞树不伤,他眼看就要抓住一页书了,却见一条大鱼像座小房子一样游过来,口张得像城门洞一样大。仓颉害怕地急忙后退,那鱼却把头向他伸过来。正在这千钧一发之际,忽然一声巨响,大鱼顿时消失,河水分开一条金光大道。仓颉沿着大道前行,行至一座金碧辉煌的宝殿之内,却见一捆书摆在黄金镶边的珍珠书案上,上前一看,正是自己被风卷走的那捆书,他喜出望外,抱书出殿,不一会儿就回到河岸上。他回头看时,却不见了金光大道,依旧是茫茫黄浪,大水一片。他细细一想,方知是妖龙作怪,不知是哪路神仙显灵相救,才幸免一场大灾。于是他朝空中九叩八拜,以谢神灵。从此,天下多年未遭水灾。人们高兴地说,仓颉造字震撼天地,连妖龙也吓得藏起来了。

这两件事一经传开,便越传越广,越传越奇,以至于传出了字能避邪的说法。直到现在,一些老年人还说,晚上睡觉枕一本书,鬼神不敢近身,连噩梦也不会做。他们还说,读书人身上有一股正气,能避祸消灾,逢凶化吉,寿命比不识字的人长得多。

五、仓颉姓氏的两种写法

古书上关于仓颉的姓氏出现过两种写法,一种是不带草字头的仓字,一种是带草字头的苍字,到底哪一种写法正确呢?

其实,仓颉本不姓仓,复姓侯冈,单名颉,叫侯冈颉。他创造了文字之后,普天下的人都把他当作神仙敬重,黄帝从内心深处更感到自己远不如他的才能。为了表彰侯冈颉,也为了提倡这种创造精神,黄帝想给侯冈颉赐一个姓氏。赐什么姓氏呢?他想来想去,终于在侯冈颉创造的字书里找到一个仓字。于是,他把侯冈颉叫来说:"你创造了文字,功并日月,利在万代,这世上没有能和你并肩而站的人,我也不敢和你相比。因此,我赐给你一个仓字为姓,想说明你是君王之上一个大写的人,而在你这个大写的人字底下,才有我这个君王(注:繁体字仓字的写法是君上一人,人下一君的仓),我请你不要推辞,从今天起,就把姓改过来吧!!"

仓颉一听,慌忙跪倒在地,连声说,使不得,使不得。大王你的才能就像大海一样,深不可测,宽无边际。我侯冈颉的才能像大海里的一滴水,永远也不敢和大王相比。这个姓,我万万不敢领受。

黄帝说,此事我已决定了,你不必再多说了,照办就行了。说罢,便自写告示晓谕天下。于是,人们见了侯冈颉,就叫他仓颉了,渐渐地忘记了侯冈这个姓氏。

仓颉自感才能不及君王，自己始终不敢写这个仓姓，但时间长了也不是个办法。于是，他灵机一动，在仓字上边加了个草字头，表示自己是一介草民。这样既接受了君王的恩赐，也表达了自己的真诚心意。由于仓颉经常把自己的名字写成苍颉，这就在古书上出现了仓颉姓氏的两种写法。但世代相传的过程中，人们仍把仓颉看作圣人，认为黄帝赐的这个仓姓很切合实际，因此百分之九十的人都认为他姓仓而不是苍。这就是仓颉姓氏两种写法的来历。

（周旭搜集整理）

错开河

大禹带领着三万多民工，在龙门山打通了龙门山口；随后，又带领民工不停地开凿河道。河道也不断地延长伸展。

半年后，河道开凿到离龙门山口十来里路的两条山谷的交叉口上。这两条山谷，一条沿着吕梁山一直向东延伸；一条沿着黄龙山，折向西南而去。向东的山谷，岩石坚硬，开凿十分困难；而向西南的一条，山谷深，石头也软，开凿十分省力。经过勘察后，大禹决定沿西南山开凿。

河道开凿开始了，大禹奋力在前面开凿，民工们挥汗如雨地跟在后面开凿。一里多长的山谷里，漫山遍野都是民工。铁器的叮当声、巨石坠落的轰响声，汇在一起，此起彼伏地在空荡荡的山里回荡着。

一天正午，民工们正在开凿河道，一只黑色巨雕从东面飞来，在工地的上空盘旋不止，声音尖利地鸣叫不已。民工们都十分恐惧，担心总要出什么祸事。大家都停下了手中的工具，仰面而望，纷纷议论，猜测着吉凶。

大禹懂得鸟语。他听大雕在天空喊道："错开河，错开河，往西不如往东凿！"

大禹也认得大雕。原来，就是这只雕，曾载负着他勘察过山川地势，也曾帮他出过治水良策，并促使他定下了请命救水的决心。

大禹仰面对着大雕微微一笑，点点头，还向大雕招了招手。大雕飞去了。大禹下令，让民工们都停工休息。

大禹对大家说："神雕来对我说，让我们改变开凿的方向。看来，这向西南的谷道不能开凿了。我们要改向东开凿。"

众人凑上前来，对大禹说："我们不能改道；否则，将会影响你在天下的声誉。"

大禹只是微微一笑，没有回答。

大禹决定要认真地再次进行考察。他挑选了三个年轻力壮、又有治水经验的民工，随着他翻山越岭，前去察看两条山谷的山川地势。经过两天的辛勤工作，他终于明白了：河道向西南开凿，不但高山重重，而且地势越来越高，黄河的水疏导不出去；若向东开，虽然石头坚硬，但只凿十里，就可以把黄河水引出山谷，流向豫州导入大海。

大禹又召集民工。民工蜂拥而来,大家焦急地问道:“河道究竟往哪里开?”

大禹指了指东方,坚决地说:“改道,往东边开凿。”

民工们又聚集在新的工地上。大雕还在空中俯首盘旋。大禹向大雕招招手,表示谢意。大雕放心了,长鸣一声,直飞向云霄。

后来,人们便把向西南已开凿的一段河道,取名叫“错开河”。现在,韩城的人民又称这条河叫“凿开河”。这条河,河道弯弯,波纹粼粼,从古一直流到今。

(郝芳搜集整理)

禹凿龙门

传说禹是一位巨人，他身材魁伟，像一座高山，头戴的斗笠像巍峨的峰顶。他人大、手大、力气更大，一步能跨二里半，因而人们称他为大禹。

大禹带领万民挑走了积石山的乱石，疏川浚河，历经千辛万苦，排除千难万险，终于来到龙门山，龙门山像屋脊一样横亘绵延，挡住了黄河的去路。大禹登上山顶，看到了他的父亲鲧错开河道的遗迹，又看到无边无际的洪水淹没了山脚下广大的农田，便决心开凿龙门，让滔滔的河水从龙门奔流而过。大禹在龙门山相公坪召集能工巧匠商议开凿龙门之事，大禹一声令下，臣民一起动手，大家挥舞石斧、石刀、铁铲、木耒，齐心协力，开山凿石。大禹身先士卒，奋力大干。他足踩之处，立即下陷；手到之处，坚石变软。他们辛辛苦苦挖了一天，好不容易挖了个大缺口，想不到隔了一夜，第二天又长平了，大家并不气馁，继续狠挖。这天挖的缺口既宽又深，但第二天又长平了。一连几天都是这样。大禹只好暂时停工，打算向附近居住的百姓了解情况。

这天，大禹刚刚回到相公坪，迎面走来一位身穿黄布袍的老人。大禹向老人深施一礼，问道：“请问老者，这龙门山怎么挖了又能长平呢？”老人神秘地向脚下一指，说：“此山乃龙门山也。”老人把“龙”字说得特别重。大禹听了恍然大悟。原来这阻挡黄河入海的大山是一条巨龙。大禹刚要拜谢，那位老人却不见踪影了。大禹这才知道见了山神爷。

大禹又召集臣民，说明真情，发动大家不分昼夜，不避风雨，连续不停地开凿，不让巨龙有一分一秒的喘息机会。这样一来，巨龙终于被拦腰斩断了，黄河之水像久困的猛兽一样，冲出石门，浩浩荡荡，一泻千里。从此，黄河流域百姓才得以安居乐业。

龙门山黄河古道两侧刀劈斧削般的石崖就像两扇石门，大禹给它取名“龙门”。后人为永记大禹凿龙门的功绩，管它叫“禹门”。禹门口河心巨石上坑坑洼洼，据说就是当年大禹凿龙门的遗迹。

（郝芳搜集整理）

禹女献策

相传大禹的女儿三岁时，父亲就出门治水，整整十三年没回过一次家。母亲常把大禹的事迹讲给女儿听，这就使得禹女想念父亲之情日益迫切。她常常依门远望，巴不得父亲突然出现在眼前。

有一天，禹女又在家门前远望，忽见从极远的天边有位身穿长袍的人向她飞奔而来。禹女惊喜地喊："娘，爹爹回来了！"母亲闻声赶出门来，却见一只大丹顶鹤向她家徐徐飞来，然后停在门首。母亲忙问："仙鹤，你莫非能驾我女儿寻找她爹？"话音未落，这只仙鹤就温顺地卧在禹女面前。禹女骑在仙鹤背上，也不知飞了多长时间，飞到了龙门山上。这时，大禹正在用石斧敲打着坚硬的岩石，旁边放了一大堆用坏的工具。大禹抡起石斧，只听"咣当"一声，石斧被震得开了花，可岩石上只留下一道白印印。大禹开山遇阻，心里闷闷不乐，正在这时，禹女来到父亲面前。她见此情景，心中已明白大半，就低头仔细地端详着山石，细心的禹女发现那青色的山石中夹着一条条丝线一样的白线。她站起身，抚摸着自己那乌黑的青丝，忽然想起自己每天不是顺着它梳理头发吗？何不也顺着这白色的石线击破顽石呢？她把自己的想法告诉了父亲。大禹依照女儿的建议，抡起一把石斧，顺着白色石线奋力砸去，只听"咯嘣"一声，顽石沿着线裂开一条长缝。众人也抡起石斧顺石线敲击，果然斧落石裂，工程飞速地向前进展。禹女献策有功，得到众人的称颂，称颂之声震撼山岳。大禹领着女儿向众人再三拜谢，说："且莫颂功，抓紧时机开山事大。"哪知众人称颂之声早已惊动龙门山上众位仙姑。她们乘风来到龙门工地，把禹女接到相公坪北悬崖上的"莲花洞"里。风姑把莲花洞边三尺见方的一块石板吹得干干净净，给禹女作梳妆台；石姑在台上给禹女打了个石坑作为脸盆；泉姑给禹女送来了清冽的泉水；只有金姑想得好，她把金子镀在一块光滑的褐石上，使石头日夜金光闪闪，作为禹女梳妆用的镜子。这些东西至今还在龙门山上。

禹女就住在莲花洞。她的破石良策，流传千古，造福万民。

（郝芳搜集整理）

箭穿芝川口

大禹凿开龙门山后，黄河水便顺利地折向东南方向流去。

一日，大禹乘船沿河而下，观察水势，黄河出龙门，河面渐宽，水流平缓，大禹稳站船头，捋着胡须，欢喜异常。

船儿漂漂，漂到少梁城附近，大禹神目西望，只见一条长约二十里的川道，土地肥沃，绿树成荫，人烟稠密，炊烟袅袅，是个好地方。但是，一条银带小河好像从天际而来，高出黄河，水流不出，造成一个个小湖泊。大禹一想，这还了得！如果遇上暴雨，洪水泛滥，庄稼被淹，农舍被毁，人为鱼鳖。

第二天，大禹返回龙门山，夜不能寝，脑子里装满了灾难降临的可悲想象。不能小河归大河，照样不能算治水成功。大禹到五更时分，胸有成竹，便站在龙门山相公坪上，拉开神弓时身子一颤，箭头一偏，竟射向西南。

为了弄清神箭射落地点，大禹沿山南行，走到西庄附近的山上时，碰见一位白须老汉在放羊。大禹紧了紧腰带，上前深深一鞠躬，施礼问道：“老人家，可曾看到一支箭从北边射来？”

老汉笑了笑，指着山上一个巨大的石洞回答：“那儿，就是刚才一支飞箭射成的大窟窿！”

大禹急忙前看，洞深不见底，黑漆一般，洞口周围的草木上，洒满了鲜血，染红了一树树硷畔上的花椒果儿。从此，韩城的花椒红似血，人们叫它“大红袍”，这“问箭岭”谐为“文涧岭”。这是后话，言归正传。

大禹自感射偏了箭不能为民除患，又谦虚地问老汉：“老人家，我的箭射偏了，没有达到目的。请问要射开少梁城小河的出水口，应当站在哪儿放箭？”

老汉指了指南边的山头说：“站在这儿是看不见少梁城的，只有向南再行十里，站在象山顶上，瞅准东南，才能射开！”

大禹感谢老人指点，背着弓箭，沿山南行，来到象山顶，他一看惊喜道：“原来这儿看二十里川道，比在船上还看得清楚。”

于是，大禹不慌不忙，选好山头平地，脚跟站稳，然后搭上箭，拉开弓，瞄准东南少梁城角的“口袋尾”射去，只听轰隆一声巨响，“口袋尾”被射穿了，顿时小河的水流加快，注入滔滔黄河，二十里平川消除了水患。后来，人们将大禹射穿的口子叫“芝川口”。

这“芝川口”到了西汉又叫“夏阳渡口”。韩信从这儿渡河平魏王豹,汉武帝从这儿渡河祭后土祠,一直到朱德、彭德怀、邓小平率军从这儿渡河到山西抗日,这儿便成了行船的码头。

(陈向新搜集整理)

禹王植桑

大禹的父亲鲧,被尧命为崇伯,被任命为治水官。鲧来到龙门山治水,错误地开了冶户川河道,使洪水受阻,淹没了农田和村庄。鲧治水九载未成,被舜杀了。舜又命大禹为司空,继续治水。

大禹来到龙门山,听见一只大雕叫喊:“错开河,错开河,往西不胜往东挪。”大禹通鸟语,一听心领神会,改凿偏东的龙门山低谷,使黄河一泻无余。

大禹凿开龙门后,消除了水患,本来应高兴才是,但他却伤心起来。大禹回想起父亲鲧的悲惨下场,又目睹因错开河所造成的民困,掉下两颗泪珠!这时,那只大雕又从他头顶飞过,叫道:“栽桑、养蚕、致富。”大禹一想,心花怒放,对!栽桑树,既可弥补父亲的失误,又可给人民造福。

过了三年,错开的河道两旁,呈现出一片绿的海洋。人人采桑,家家养蚕,人们富了起来。人们感激地说:“要不是崇伯错开了河,要不是大禹植了桑,我们还会有今天的安乐日子吗?”大伙为了纪念这两位治水巨人,商量将这错开河的地方叫“桑树坪”。

到了宋代,包公到这儿视察,看到桑园茂盛,冶铁达到七百余户,人们高兴地对包公说:“这层层煤炭,就是当年大禹植的桑树变的!”

(陈向新搜集整理)

夸父逐日

远古以前，潼关是一片湖泊，四周生长着零星的树木和杂乱的野草，是十分荒凉的地方。

那时候，太阳离地面很遥远，太阳照到地面的时间很短，阳光柔弱，庄稼枯黄，怪兽出没无常，百姓们的日子十分苦楚。有一位夸父神同情老百姓，决定把太阳追回来，让太阳为大家做些好事情。

夸父行走如飞，没有多长时间，就赶到太阳走道的入口处，撵上了太阳，远远地牵着太阳向地面的大海走来。可是，灼热的太阳光烤在他身上，夸父又累又渴，他急忙走到渭河边，趴在河沿上一口气喝干了渭河的水。谁知刚站立起来，喉头里又一阵焦渴，夸父看看没多远的黄河水，紧跑几步，一头扎进水里……

黄、渭两河的水叫他喝得差不多快完了，夸父又继续往前赶路。太阳烤在他身上，他没有一点力气了，强撑着拄上拐棍颤悠悠地往前面的湖泊走去，快到湖边，夸父就渴死了。

夸父渴死的地方属潼关地界，他死后，附近百姓怀念这位追赶太阳的英雄，敬神一样祭祀他遗留下的拐棍，年复一年，代代相传。

有一天，夸父那根拐棍突然生根发芽了。人们喜出望外，挖井担水，辛勤浇灌，这根拐棍竟分枝开花，叶茂果繁，百姓们更加爱护这棵神树。说也奇怪，树上的神桃让鸟兽吃了后，那核竟到处都有。果树苗破土生长，没几年工夫，黄河岸边就生出了一片桃林，人们叫桃林寨。夸父死后变成了一座山，当地百姓追念夸父神给人间带来的幸福，就把夸父变化而成的山峪叫夸父峪。

再说太阳行到潼关地界，烤干了那片湖水。从此，潼关就成了一片干涸的沼泽。只有那拐棍变化成的桃林，不管太阳多厉害，都晒不死这片茂密的桃林。

（周旭搜集整理）

花园口

郑州北边、黄河南岸，有个渡口叫花园口，现在成了游览区，1938 年蒋介石在花园口扒开黄河大堤，造成人为的黄河决堤改道，淹死了八九十万人。人人都骂蒋介石扒花园口是丧尽天良，一提花园口就想到蒋介石干的勾当，这样花园口就出了名。

相传很多年前，黄河在这里决了一次口。人们费了几年工夫才把决口堵住。堵口修堤的老百姓不少是灾民，早已无家可归，等把黄河水堵住，有的干脆不走了，住在堵口修堤时盖的临时草庵里。他们在这里开地耕种，成家养孩子，慢慢人多了，就成了一个村庄，取名叫贵家庄。又过了好些年，从荥阳流出来的涸水在这里流入黄河，这样一来，这里南来北往的人多了，成了个热闹的地方。

到了明代，贵家庄出了个大官，叫许赞，在京城当天官。许赞当了几年官，搜刮了不少钱，就在家里修了个大花园。这个大花园方圆五六百亩大，种了许多奇花异草，一年四季花园里都开花，飘着香，远近几十里的人都来这里看热闹观花。

这年春天，许天官回家。贵家庄像有庙会一样，一群群，一伙伙，搀老人，背小孩，挤拥不动来许家花园看花。人多了，做小生意的，卖吃食的也多起来。许天官的花园在黄河和涸水角角里，来看花的人要过涸水，水上无桥无船，蹚过来蹚过去很不方便。许天官见此情形，心想：我要在涸水上弄个船，摆渡来往的人，这是个赚钱的买卖呀！

许赞想发财，就开挖了涸水入黄的水口，让黄河水倒流到涸水里。这样一挖，涸水河面宽了，水也深了。许天官弄了个大船，找了几个船工，修了渡口，摆渡行人。人们听说有了摆渡，来看花的人更多了。没几个月，许天官就赚了不少白花花的银子。

夏季到了，黄河一涨水，呼的涌进了涸水。水越涨越大，黄河冲着涸水河口，向南滚了几里，稀里糊涂把许天官的大花园也淹没了。

后来这里真的成了南北来往的渡口。人们去这里的时候，总是说“到花园口去”。这样，“花园口”的名字就叫起来了。

（申法海搜集整理）

黄河九曲十八弯

传说，在很久很久以前，在一座高山上有户人家，住着母子二人，儿子名叫小龙，他的母亲早为贫苦的生活愁瞎了双眼。

俗话说，靠山吃山，靠水吃水。母子二人就靠着小龙勤劳的双手，早出晚归，打柴度日。他们的生活虽然贫寒，但小龙的心底却十分和善。他膀大腰圆，眉清目秀，一表人才，对母亲非常孝顺，对待乡里邻舍也十分关心，今天帮西家担水，明日帮东家挑柴，山上的左邻右舍，都夸他是个好小伙。

这一天，小龙照例到山上打柴，直到日落西山接近暮色，正准备回家时，他突然望见远处的山崖旁，闪烁着一片亮光，一会儿银光闪闪，一会儿五彩缤纷。他很好奇，不由自主地朝着发光的方向，爬过一道又一道沟，越过一道又一道岭，终于走到了山崖的近处，发现深山的老洞口上空，飞跃着一条金龙，它一会儿向上飞入云层，一会儿又向下盘旋于山崖，在戏耍着山坡上的两颗宝珠。

见此情景，小龙机警地躲在了大石后边，暗暗思忖："常听人说龙戏珠，珠是宝中宝、药中王，能医百病，我何不设法拾一颗，带回家把母亲的双眼治好呢?"

他拿定主意，便悄悄地守候在大石的后边，熬过了一个又一个时辰，最后，他趁老龙又一次向上空飞翔时，猛然跃到洞口，拣了一颗宝珠，连头也不敢回，便翻山越岭，一口气跑到家中，高兴地喊着："娘，娘，有救了，有救了!"他激动地举起宝珠，对准娘的双目晃了两下，晃第一下时，老娘只觉得白光刺眼，似有所见；晃第二下时，老娘突然大睁两目，恢复了视力。老娘含着泪颤抖地说："儿啊，娘只看见过你的童年，今天才看见了你现在的样子。今后，娘可以亲手给你缝缝补补了……"

这件事，一传十，十传百，不到三天，山前山后，山左山右，方圆百里的穷苦病人，都得到了医治，恢复了健康，乡亲们赞不绝口。

时隔不久，知县大人得知此消息，多次派人来索取宝珠，却未能遂愿，他便怀恨在心，设下了抢劫的诡计。一日，小龙在山上打柴回家的途中，被官府预先设下的伏兵团团围住，逼他交出宝珠。千钧一发之际，小龙将宝珠噙在了嘴里，但一时紧张，竟把宝珠咽了进去。一霎时，他只觉口干舌渴，心如火焚，燥热难当，他热得在地上翻来滚去，围观的乡亲很同情他的遭遇，便连忙提着水桶，端着水盆，不停地向他身上泼水，但这有限的水，怎能解脱他烈火如焚的干渴之苦？他踉踉跄跄地跑到一条小河边，把头扎了进去，大口大口地喝起来，与此同时，他的身躯也从下而上，一点一点长出尾巴、鳞片，变成了龙形。他不停地翻滚，沿着黄土地上的小河奋力冲出了一条满是泥沙的黄色河流，一边喝水，一边奋力地向前冲去，但他又怎能舍下他慈爱的老娘、和睦相处的乡邻、天天砍柴的高山？他恋恋不舍，难分难离，不时地停下身躯，回头观望，他每次扭身回首时，那庞大的龙体，就使冲出的河流形成一道弯，最后终于冲进了大海，这一路之上，使这黄色的河流，形成了九十九道弯。

小龙成龙归入大海后，他可怜的老娘每天泪流满面地站在山头上，望着东海，向他呼喊、悲号，盼望儿子归来，她的泪水流进了小龙冲开的河流。母亲的眼泪多，河水涨，使得这条黄色的河流越来越大，也顺着九十九道弯流向大海。

（杨齐廷搜集整理）

龙羊峡

黄河从源头奔泻而下，来到青海省共和县境内，流进坡陡浪急的龙羊峡。说起龙羊峡这一名字的来历，还有一段故事。

传说很早以前，有头龙羊从戈壁沙漠出来，远途跋涉，想另找安身处。这天，它来到这里，见一座山峰连着一座山峰，起伏连绵，谷深壁峭，沟壑纵横，是个如意地方，就找了一个山洞进去歇息。

几天的劳累，龙羊口干舌燥，歇了一会儿，就从山洞里出来，在谷中跑来跑去找水喝。一个山岭截断了深谷，山那边传来哗哗的水声。听到水声，龙羊感到喉咙里冒火，恨不得张嘴就能喝到水。它一阵难受，心里发急，头一低，用角顶住山岭，向前一拱，山头"轰轰隆隆"塌下来，黄河水涌过来，顺深谷向前滚滚流去。

龙羊扎在水里，咕咚咕咚喝了个饱，顿时舒服清爽，清凌凌、甜滋滋、凉丝丝的黄河水，喝着真过瘾呀！它不走了，在这里一住就是好些年。

到了唐代，皇帝李世民派礼部尚书江夏王李道宗送文成公主进藏，和吐蕃首领松赞干布和亲。越走离家乡越远，文成公主越留恋徘徊。

文成公主来到这里，思念家乡，思念故土，不想再走了，要好好看看这里的山、这里的水。

文成公主一个人沿谷岸，顺黄河闷闷地走着，忽听一声"嗷"的怪叫，一只叫不出名字的大野兽一步三晃，挺着头，瞪着眼，耷拉着舌头，朝文成公主走来。

文成公主听见怪叫，看见那野兽，惊叫了一声，心里跳，腿发软，想跑却迈不开步。野兽看着一个女子好欺负，眼一瞟，不慌不忙地向她走来。文成公主稳住神，鼓起劲，拔腿跑起来，边跑边喊："有怪物，快来人呀！"野兽停下来向四周看看，又大步追上来，它四蹄蹬地，跃起向文成公主扑来，文成公主一慌，"咚"的一声栽倒在黄河边。

龙羊在山洞里过着安静的日子，多少年来从未见过人，忽然听到有人喊救命，一个激灵，翻身跃起，听听动静，从洞中窜出来。龙羊一看是一个怪物在追一个女子，便"嚓嚓嚓"撵了上去。在野兽跃起扑向文成公主的同时，龙羊大叫一声，头一低，角冲前，从半山坡朝野兽撞下来。"啪！"龙羊和野兽在半空撞在一起，都摔在山石上。野兽打了个滚儿站起来，龙羊也一抖爬起来，两个在黄河边打斗起来。野兽扑了几扑，被龙羊用角又扎、又挂、又顶，伤了好几处，扭头跑了。龙羊在后边紧追着，把野兽赶得无影无踪。

李道宗带兵寻找，在黄河边救回文成公主。等文成公主稳住神，把野兽追赶、龙羊搭救的情况说了一遍。大家再去找那头龙羊，怎么也找不到了。后来，人们就把这个峡谷起名叫龙羊峡。

（申法海搜集整理）

刘统勋治黄

清代乾隆时候，黄河在豫北封丘境内决口，因这次决口很大，人们称为大工口。清政府闻报，忙派当朝官员人马会同当地官府和民工百姓前往合口。可是，一连合了三年，耗费银两不计其数，决口还是没有堵住。这时候，老百姓已被上边派来的治黄捐压得喘不过气来，生活在水深火热之中。乾隆皇帝也为耗费许多钱财却没有堵住一个决口而不得安宁。这天，乾隆才在皇宫坐定，要求增加合口经费开支的呈文又递到了宫廷。

怎么办呢？乾隆皇帝左思右想，怎么也想不出个好办法来。给吧，钱像水一样流去那么多了，却没顶一点儿事；不给吧，决口合不住，长期下去，国家也会乱的。为了找个好办法，他召集满朝文武大臣，前来商议。

众官员到齐，乾隆皇帝就把黄河决口堵不住，想找个方法堵口的事说了一遍，话音刚落，当朝大臣刘统勋便出班奏道："想来一个黄河决口，三年来兴师动众，闹得乌烟瘴气，上耗国家无数的钱财，下劳沿河两岸黎民百姓，却总是完不成工程，以致到了如今这种地步，其中定有缘故。"

乾隆皇帝知道刘统勋是个有办法、会办事的人，见他说了话，连忙说："刘爱卿，对这个事情，依你的意见该如何办呢？"

刘统勋说："依我看，治黄银两不必再往下发放，该查一查下边这些人是怎样使用的了。我觉得，三年来朝廷发下的钱财那么多，如果用上一半，决口也早该合住了。似这样一直拖下去，一害国家，二坑百姓，将来定会出乱子的。臣不才，愿前往督办合口之事，为国民效力，不知万岁意下如何？"

乾隆皇帝见刘统勋自愿前往去合口，心中大喜，连忙说："爱卿去合口，正合我意。但不知你需要带多少人马，要多少银两？"

刘统勋笑了笑说："万岁，臣这次去合口，一不多带人马，只要原先随身人等；二不多要银两，只要以前三年内为合口所发放的钱全归我用就行了。"

乾隆皇帝听了，担心地说："以前发放的钱物，恐怕早耗费一空，还怎么使用？你不带那么多的人，光靠以前那些人，还不是像过去一样合不住口吗？似这样下去，爱卿合口，得多少年月呢？这可不是儿戏呀！"

刘统勋听了皇帝的话，想了想，然后上前一步，认真地说："这次我去合口，一不多要人，二不多要钱，但有一个请求，就是从我出去合口开始，到我合好口回来复命为止,这段日子里,凡我遇到的有功之士或不法之辈,不论官职大小、地位尊卑,一律经我亲手审问处理,升降赏罚,先斩后奏,请万岁不要见怪就行了。如能给臣这样的权力,刘统勋三个月堵不住黄河大工决口,情愿提头来见!"

乾隆皇帝听说刘统勋三个月就能合住大工口,立即高兴起来,说:"好好好!我就准了你的条件,三个月后,看你如何将口合住!"说罢,他亲笔修旨,封刘统勋为指挥治理黄河的最高朝廷命官。

刘统勋领命后,很多人都纳闷,他一不多带人马,二不要增加银两,怎么合口呢?

人们看见,刘统勋也像以往朝廷命官出京一样,八抬大轿,号炮连天,前呼后拥地离开京城朝南而去。

可是,人们根本没有想到,刘统勋却并没有坐在这八面威风的八抬大轿里,他只带了一名随从,乔装打扮,粗食布衣,步行而去。一路上,他深入民间,私访暗察,了解了黄河决口给老百姓的生活带来的疾苦,访到了贪官污吏借堵决口对上要国库钱财、对下乱收治黄捐,根本不理合口之事,却借机大发横财的真实情况,并暗暗筹划合口的计划。直到从京城出来的人马到了之后,刘统勋才风尘仆仆地到了工地。

他一到工地,立即命令从京城到大工沿途各地的大小官员全部到大工集合,又召见以前派来督办合口的几个指挥官,当众公布所查访到的贪官污吏的罪行,并根据情节轻重,依法处决了几个罪大恶极的人;情节较轻的,追回赃款赃物,就地削职为民。刘统勋又下令,凡以前贪污、乱派的款项,在未查出时,只要自觉退赔交公的一概从轻发落;抗拒不交的,查出后罪加一等,轻者免职,重者格杀勿论。凡他到任后又出现的不法者,不问轻重,全部就地正法。这样一来,以前靠合口贪污公款和乱派治黄捐发财的贪官污吏,当场都吓得白了脸,浑身发抖,立即报出了自己贪污的数字,并表示马上退赔。

不几天工夫,刘统勋凭借一身正气,得到群众和有识之士的拥护,纷纷前来献计献策,收征贪官污吏的治河赔款也不计其数。

接着,他又重用提拔了不少有才干、肯为国民出力的人,分别掌管各项黄河河务大权和地方行政权力,并宣布:不论官员百姓,对合口有功者奖,有过者罚,该晋升的晋升,该封官的封官。他又用贪官污吏退赔的大量款项,定了一个合口抓钱的方法,就是凡给合口送一锨土、扔一块石、献一根柳条者,不问大小,都能抓取同贡献物料数相同的钱数来,而且比原价高几倍;献上树木梁檩者,能领取更多的钱。一时,早盼制服黄河的四方民工百姓,闻知刘统勋真心合口,哪管什么钱不钱的,成群结队地只管往大工而来,奋力向前,一起合口。

刘统勋作为最高指挥官,以身作则,夜以继日,白天和民工在一起,夜晚不顾疲劳,亲自看守在合口工地,累得实在支持不住了,就躺在合口用的柳枝上歇一会儿。众官员见刘统勋那样,哪敢怠慢,一个个争先恐后地和民工一起堵口。这样,合口工程进展飞快,三年没有合住的大工黄河决口,在刘统勋的带领下,真的不到三个月就合住了。为了纪念刘统勋这次合口,当地百姓把决口附近的村子叫大工,这就是现在封丘县境内的荆隆宫乡大工村。直到现在,黄河再也没有在大工决过口。

(贾宗贤讲述,郭顺昌整理)

黄河之水哪儿来

唐代大诗人李白在《将进酒》诗篇中，留下了“黄河之水天上来，奔流到海不复回”的名句。为什么说黄河水是从天上来的呢？这里面还有个传说。

当年，猪八戒跟唐僧去西天取经，离开高老庄时，心里实在不情愿。他一步三回头，足足往后看了几里地。要不是怕孙悟空的本领厉害，他真想重新返回去。后来，猪八戒同唐僧等人，经过九九八十一难，总算取回来五千零四十八卷真经。不料大功告成，如来佛祖封神的时候，师父不说，师兄师弟有的封佛，有的封罗汉，都能自在享受，猪八戒却被封了个净坛使者，整天打扫佛堂，吃剩下的供品，他心中越想越不是滋味，每日里闷闷不乐，饭也吃不香，觉也睡不牢，一心思量着想回高老庄。然而，回高老庄谈何容易，一个天上，一个地下，阴阳阻隔，如何走得脱呢？他走路也想，坐着也想，想呀想呀，脑门上想了几条沟，也没想出个好主意，最后一狠心，想道：不如到南天门去闯闯，万一能够闯出去，岂不一了百了，万事大吉？

想到这里，他腆着大肚皮一摇三晃地来到南天门，却被把守天门的天兵天将拦住，问他要干什么？八戒惯会花马吊嘴，忙说：“诸位仙公请了，我老猪闲坐闷倦，想到外面走走，一时三刻便回。诸位请！诸位请！”说罢两手一拱，抬腿就要出天门。

谁知天兵天将不吃这套，伸手就把他拽住了。八戒忙赔着小心说：“都是自己人么！何必拉拉扯扯，常言说，假一个人开条路，得罪一个人打堵墙，人都有个马高镫低的时候，将来或许用得着我老猪。这也不用花钱，也不用掏力气，现成的人情，叫我过去得啦！”

谁知天将就是不买账，说什么也不让过。八戒看文的不行，就要用武硬闯。无奈天兵天将人多，闯也不行。登时，吵吵嚷嚷闹得驴喝马跳、鸡犬不宁。

正在这时，来了太白金星，问道：“何事争吵？”天将就将猪八戒擅闯天门的事，从头到尾说了一遍。

太白金星说：“八戒，这就是你的不对了。一出天门就是下界，你到下界何事？可有玉帝旨意？”

八戒一听，把头摇得像货郎鼓：“没有！没有！我出南天门不过是散散心，又不是什么要紧正经事，讨什么旨意。你仙翁每天出出进进，都有旨意吗？

这明明是欺负人嘛!”

太白金星见他胡搅蛮缠,也不愿为他耽误自己的正事,忙说:“回去吧!回去吧!甭在这儿胡闹了。今天是碰见了我,给你讲个人情。如果他们把你送到玉帝那儿,这私逃下界,你可吃罪不起!”

八戒一想,硬闯也不解决问题,就趁坡下驴说:“好!好!就看你老仙翁的金面,不然,我可不能算完,非和他们分个高低不可,闹不过有我师兄孙悟空呢!”说罢,扭过头,一摇三晃地走了。

南天门既然闯不过去,回高老庄是没指望了,这可把八戒愁坏了。他晕头晕脑地走着走着,一下撞到一棵大树上,疼得直叫唤,抬头一看,来到天河边。这时,他不但脑袋晕乎乎的,身上也不舒畅,就不管三七二十一,“扑通”一声跳到天河里洗开了。

正洗得有劲,身后来了个猪婆龙,二人没话找话,七十三、八十四地闲扯起来。说起来它们还是本家一姓呢,越说越近乎。猪婆龙说起他有个妹妹,在下界洞庭湖里,享受人间烟火,本来无忧无虑,自由自在。不想那年,来了个许真君(中国古代神话传说中人物。传说他曾镇蛟斩蛇,为民除害,道法高妙,闻名遐迩,被尊为净明教教祖)无事生非,硬说他妹妹贪婪成性,无故虐民,仗着法力将他妹妹杀死。他早想报仇雪恨,却苦无办法。

八戒一听,接口就说:“西方路上,多少有能耐的妖王魔怪,都败在我的手下。这个许真君能有多大能耐,恐怕也经不起我一钉耙!可惜我现在不能下凡,真叫人干着急没办法。”

猪婆龙一听,信以为真,忙说:“只怕老本家不肯帮这个忙。不瞒你说,这下凡的办法我倒有一个。”

八戒一听他有下凡的办法,连忙赌咒发誓说:“路见不平,还要拔刀相助呢!何况咱是相好的老本家。只要能下凡,这忙我是帮定了。宁可不回家,也要先替你报仇雪恨!”

猪婆龙见八戒说得斩钉截铁,瞅瞅四下无人,急忙告诉他说:“要是能把这天河底打透,就能神不知鬼不觉地到下界去了。我久在天河,知道这西北角土质松软,底儿又薄,凭你的神通,还愁不能打通?”

八戒一听,喜出望外,忙说:“说干就干,你指给我地方就甭管了。”

在猪婆龙的指引下,猪八戒使出浑身本领,猪婆龙也在一旁竭力帮忙,果然不久,就把天河底弄了个大窟窿,只听“轰隆”一声巨响,天河水头似万马奔腾,从天而降,直冲约古宗列而来,就成了黄河发源地。

(李德魁搜集整理)

禹开三门

三门峡大坝开工建设时，曾在河滩里刨出一盘龙骨。这盘龙骨不但大得出奇而且非常完整，有头、有爪、有尾，人们都说这是被当年大禹杀死的那条黄龙的尸骨。

相传，上古时候，三门峡一带是一片无边无际的大湖，叫马沟，这马沟只有入水口而没有出水口。当时在湖上撑船的人有句口头禅："张店塬开船，魏德岭下船。"张店塬在今山西省平陆县，魏德岭在今河南省陕州张茅乡。这是黄河两岸最高的两个塬，也是当时的两个码头，足见当时大湖的水位是很高的。细心的人在高庙、黄底、陕州张村的高地上确实发现层次分明的鹅卵石和贝壳，说明古代这里的确有座水位极高的湖泊，那么这座湖到底有多大呢？据说三门峡古湖西起陕西宝鸡，东到河南陕州，比现在的洞庭湖还要大上几倍。

话说当年的马沟里藏着一条老黄龙，经常吞云吐雾，兴风作浪，搅得马沟里的水越涨越高，淹了两岸的庄稼和民房。老百姓整天四处躲避，生活很不安定。

大禹在天庭看到人间的惨景，心里非常难过，就决定来到凡间治理水灾。他下凡的时候，玉皇大帝送他两件宝贝，一件划水剑，一件开山斧。那划水剑划到哪里，水就流向哪里；开山斧抡在哪里，哪里就劈出一条河道。

大禹带着两件宝贝来到马沟，他首先爬到山顶上察看地势，发现这里的地形西北高、东南低。俗话说："人往高处走，水往低处流。"那么，就把湖水引向东南吧！

他来到湖边，用剑向东南划了几下，湖水顺势向东南流去，可是马沟原来没有出口，水都聚在东南的一座山下。大禹抽出开山斧，"啪啪啪"三斧子，把大山劈开了三个豁口，水顺着豁口奔涌而下，把一座大山分成了四座水岛：和南岸相连的一座半岛，靠水的一端，像一只张着嘴的狮子，因此大家叫它狮子头，中间的两座石岛分别叫鬼门岛和神门岛，和北岸相连的半岛叫人门岛。大禹劈开了三门，又抡起斧子，开出了一座砥柱岛，用它来定波镇涛，从此以后人们就把这个地方叫三门峡。

水道疏通之后，马沟的水迅速下泄，水变得一天比一天浅，原本一片汪洋的大湖变成了狭长的峡谷，这下可急坏了水里的老黄龙，它恶狠狠地说："好你个大禹呀！你我无冤无仇，你凭什么惹我呀！你让我不好过，你也别想痛快！”

老黄龙发了怒，一口气把天上的水雾都吸进肚里，又一口气吐到湖里，顿时河水泛滥，恶浪滚滚，只一会儿工夫，洪水就吞没了两岸千亩庄稼，又冲毁了许多房屋。

大禹看到眼前的情景，怒由心头起，他大声冲着老龙喝道：“好你条造孽的老龙，今天我必除了你，还百姓一个太平。”

大禹说罢抽出利剑，一纵身跃入水中与老龙展开搏斗，老龙也不示弱，口中喷着水柱，凶神恶煞地冲大禹扑来。大禹挺起利剑直向老黄龙的心窝刺去。老龙慌忙沉下水底，躲过大禹的追杀。他们上下腾舞，左右周旋，直斗得天昏地暗、日月无光，就这样打斗了三天三夜，双方都是人困马乏。这时，老龙仍不肯罢休，喘着粗气，舞着尖爪，拼了全部的力气，凶狠地扑向大禹。大禹闪过身子，躲过老龙的血盆大口，从侧面将利剑插入老龙的前胸，老龙的身体一颤，鲜血像喷泉一样从剑口涌出，那血溅得有几丈高，把两岸的山崖都染成了红色。直到今天，三门峡两岸的峡壁、山石、泥土仍然是血红的颜色。

老黄龙死后沉入水底。泛滥的洪水立即消退下去，马沟湖变成了黄河河道。原来的湖底露出水面，高处成了塬，低处成了地。

水灾平息后，背井离乡的乡亲们又重新回到三门峡，过上了安稳的日子。人们忘不了大禹的恩情，就分别在两岸的高山上建起了大禹庙。

（顾丰年搜集整理）

中流砥柱

仰望砥柱，北望龙门。
茫茫禹迹，浩浩长春。

唐太宗李世民在游历三门峡时写下了这首诗，对中流砥柱给予了很高的赞誉。

中流砥柱是一座小石岛，在三门峡下游河心矗立，黄河上的艄公又叫它“朝我来”。冬天水浅的时候，它露出水面有两丈多高，夏天到了汛期，它只露出一个尖顶，好像随时要被淹没了一样。可是，千百年来，无论洪水再大，风浪再高，它总是挺立在激流浪涛当中，毫不动摇。石岛上还镌刻着柳公权为它写的四句诗：

禹凿锋铓后，巍峨直至今。
孤峰浮水面，一柱钉波心。

三门峡有句谚语：“古无门匠墓”。意思是说自古以来，门匠死后没有葬身之地。门匠就是艄公，艄公非常熟悉当地的水情地势。过往船只行经这里，就要请他们掌舵领航，撑过急流险滩。干这行当的人往往葬身在洪水里，连尸骨也捞不到，当然也就不需要坟墓了。这里的老百姓，在黄河两岸建起了禹王庙，祈求大禹显灵，保佑过往船只和船工的平安。三门峡北岸山上的禹王庙，有个特别的地方，院里安放了一对铁鹅，庙里的主持和尚说这对铁鹅能预测行船的吉凶。如何预测呢？原来铁鹅背上有个小圆洞，船工们问行船吉凶，就把钱投在小洞里。钱落进铁鹅肚里，如果它不叫唤，这天船过三门就平安无事；如果它“呱呱”地叫几声，这天就不能行船，硬要行船，必会遇到凶险。船工们都迷信和尚的话，凡是过三门的船都要停在山下，船工们带着香烛酒肉，成群结队地到禹王庙烧香叩头，向铁鹅肚子里扔钱。

其实，这是和尚们设的一个局，铁鹅肚里有机关，想叫鹅叫唤，拽一下鹅腿，牵动了鹅肚里的机关，它就发出叫声。和尚们每天只是看天色风向行事，如果气候不好，就让铁鹅叫唤几声；如果风和日丽就不让它叫唤。这种办法碰巧也灵验了，船工们没有别的办法，也只好相信它。

这一天，有几条装满货物的船往下放行。一个老艄公带着船工们抬着供品，到禹王庙进香许愿，祈求禹王保佑他们平安过三门。船工们叩头以后，把钱丢进铁鹅背里，和尚看看当时天气很好，就没让铁鹅叫唤，装模作样地在铁鹅背上摸了摸，然后对船工们说："平安无事。"

老艄公听了这话很高兴，带着船工登上船，把船扳到中流，看准水势，决定从神门河放船。但是天有不测风云，船刚驶向神门河口，突然狂风大作，紧接着下起瓢泼大雨。刹那间，河谷里白浪翻卷、雾气腾腾，看不清水势，辨不明方向。老艄公驾的那只船像离弦的箭一样穿过神门河。河床里有许多暗礁，这只船被风浪推着，眼看就要遭难。正在危急时刻，只听老艄公在风雨中大喝一声："掌稳舵，朝我来。"老艄公"扑通"一声，跳进惊涛骇浪之中，船工们还没弄清是怎么回事，只听到船的前面不断传来"朝我来！朝我来！"的高喊，船工们来不及多想，驾着船，朝着那个方向冲过去。当船终于驶到那个地方时，大家才看清，原来是老艄公像擎天柱似的屹立在激流当中。船工们纷纷伸出手，想拽他上船，但是激流推着船飞快地向下游驶去了。

船行到了安全地带的时候，船工们把船停到岸边。大家上了岸，返回上游寻找老艄公，来到他当时呼喊的地方，发现他已经变成了一座石岛，昂着头，挺立在激流当中，他所在的地方恰巧是没有暗礁的河道，老艄公献出了自己的生命，永远屹立在这里，为过往船只指引航向，以后人们就把这座具有航向标性质的石岛叫"中流砥柱"，也叫"朝我来"。

中流砥柱成为黄河航道上的航标，船只驶过三门之后，就要朝着中流砥柱直冲过去，眼看要与砥柱相撞时，砥柱前面波涛的回水正好把船推向一旁安全的航道。这样，船只避过了明岛暗礁，顺利地驶出峡谷。

由于老艄公战胜了洪水，所以他总是高出水面，水涨岛也涨，永远淹不没，冲不垮。

（顾丰年搜集整理）

秦始皇台

滨县城东北十里，有一座高大的土台，名叫秦始皇台，虽然现在这座土台离渤海足有百多里路，可在秦始皇的时候，它濒临大海。关于这座土台，民间流传着一个神奇的故事。

相传秦始皇称帝后，征集了大批夫役，为自己修筑了华丽的宫殿，在全国挑选了一万多名美女放在宫中。他整天寻欢作乐，过着花天酒地的生活。不过，欢乐之余，有时候他也害怕。怕什么呢？怕死。他想，人顶多活个八九十岁，要是一旦死了，那么多漂亮的姑娘也看不到了，多么可口的饭菜也吃不到了，一切不就都完了吗？为此，他常常闷闷不乐，还常常发脾气。

有一次，秦始皇把他的心思对宦官赵高说了。赵高想，这回可找到讨好皇上的机会了，心里甜滋滋的。他对秦始皇说："这件事我倒有个主意。"秦始皇忙问："啥主意呀，快说给我听听。"赵高慢条斯理地说："我听说东海里有三座山，一座叫瀛洲，一座叫蓬莱，一座叫方文，天下的仙人都云集在那里。他们整天在山上炼仙丹，种灵芝；这两样东西，人吃了就可长生不老。皇上要是下一道诏令，谁能到山上寻到仙丹和灵芝草，献给皇上，就赏赐万金。封万户侯，重赏之下，必有勇夫，定会有人应召前去。"秦始皇听了非常高兴，便委托赵高去办这件事。

赵高起草了一道诏令，在全国各地张贴，几天过去了，竟然没有一个人应召，为什么呢？人们都想，东海那么大，去哪里寻三山呢？要是为了金钱、官位，舍下老婆孩子去冒险，淹死在大海里可就糟了。但有一个人不这么想，这人叫徐福，是战国时候的齐国人。

秦始皇灭掉了齐国，他恨得咬牙切齿，可是秦始皇身边有那么多卫士，想报仇总找不到机会。这会儿他看到诏令，不由得计上心来。他想，君子报仇，十年不晚，我假称去给秦始皇寻仙丹和灵芝草，骗取一些钱，再骗一千童男、一千童女，到一个偏僻的地方定居下来，等到孩子们长大，再寻找机会报仇雪恨，定能推翻秦国，恢复齐国。

于是，他就撕下一张诏令带着，去面见秦始皇。他对秦始皇说，去寻三山，要造船、雇人，需用几万金；还要挑选一千童男、一千童女，作为向仙人进见的礼物；陛下还须斋戒七天，表示对仙人的虔诚。秦始皇可没有看透徐福的心思，对他提的三项要求全部答应，完全照办。几天后，徐福带着童男童女们出发了。他来到东海边上，一看这里荒草连成片，千里无人烟，正是落脚的好地方。他就从远处招募了一批青壮年，在这里建房造船，开荒打鱼，过得非常快活。

过了两年，秦始皇得不到徐福的音信，非常急躁、恼火，便以出巡为名，带着三十万将士东临大海，寻找徐福的下落，这支队伍浩浩荡荡，像一条黑色的游龙，沿着渤海西岸向北游动。

秦始皇东巡的事，被徐福知道了。他想现在天下一统，逃是逃不掉的，不如使个缓兵之计。他便率领童男童女们远远地迎接秦始皇。见到秦始皇，不等责问，他就说："几次渡海，但总被大鱼阻拦，曾经被大鱼撞翻了三条船，一百多个孩子葬身鱼腹。现在，我正想造一条特大的船，再次出海，完成陛下交给我的使命。"说着，他还洒下了几滴眼泪。秦始皇信以为真，不但没责备他，还鼓励了他几句。

这天，秦始皇让军队驻扎在徐福开辟的地方。长时间的巡游，他非常劳累，坐在营帐里打起瞌睡来。一会儿，他好像坐在船上与徐福一起去寻三山。船行出十里光景，突然狂风大作，巨大的海浪拍击着船舷。大船打着旋，几乎要翻，这时候，冷不丁从海里钻出一个怪物。这怪物模样像人，但比人高大，披着闪闪发光的盔甲，瞪着血红的眼睛，站在浪尖上，用一把长剑指着秦始皇问："你就是嬴政吗？"秦始皇说："你是哪里的妖孽，竟敢直呼我的名字？"那怪物说："我是东海海神。你做了皇帝，不想为百姓造福，一味地横征暴敛，滥施酷刑，残害无辜。你当早死，却妄想来我海寻不死之药。今天我要把你杀死，为天下人报仇。"说完一个泰山压顶，猛扑上来，一剑刺向秦始皇的心窝。秦始皇惨叫一声，惊醒过来。侍臣们吓得面如土色，一齐跪下山呼万岁。秦始皇定了定神，派了个侍臣把李斯和赵高召来。

李斯和赵高来到秦始皇的营帐，秦始皇把刚才的梦告诉了他俩。李斯说："对神最好是敬而远之，陛下不如早点离开此地返回咸阳。"赵高却巴不得秦始皇早点死掉，就说："陛下是真龙天子，自有天神保佑，海神有什么可怕呢？再说，神既有善神，也有恶神，恶神不灭，就不能寻到三山。陛下才胜伊尹姜尚，功盖三皇五帝，要是陛下亲自率领着将士们出海，凭着陛下的神威，定能消灭恶神，寻到仙丹灵芝，以保万寿无疆。"秦始皇本来脾气暴躁，赵高的话又恰似火上浇油。他怒气冲冲地说："爱卿说得好。你马上给我准备船只，明天我亲自出海与恶神决一死战。"李斯跪在秦始皇面前劝谏说："请陛下三思而行，要是万一发生不测，宗庙社稷托付给谁呢？您想消灭恶神，派将士们效命就行了，何必御驾亲征呢？”秦始皇终于平息了怒气说：“那么，就命令将士们立即行动，在海边筑一座高台，我要亲自登上台，看着将士们惩罚恶神。”于是三十万将士全部出动。他们用头盔当工具，每人往台上端了一头盔土，就筑成了一座高大土台。

第二天清晨，秦始皇被武士们簇拥着登上高台。他一声令下，几条大船扬起风帆，乘风破浪向大海驶去。秦始皇翘首远望，看到火红的云霞在船顶缓缓游动，一群群海鸟在桅尖上空盘旋，心里非常高兴。过了约莫一个时辰，突然大海咆哮，乌云滚滚，一会儿，狂风暴雨向台上袭来。秦始皇被风刮得东倒西歪，侍臣们给他撑伞也撑不住，淋得像落汤鸡似的。从此，秦始皇身染重病，卧床不起，不几天就死在回咸阳的路上。渡海的将士们全都葬身海底，没有一个生还的。

再说徐福不知道秦始皇死得那么快，他还担心一旦被秦始皇识破阴谋，会掉脑袋呢。于是，他率领着那些童男童女，冒险东渡重洋，据说他们漂流到了现在的日本，在那里安居乐业，繁衍后代。

秦始皇的将士们用头盔筑成的土台，就是现在的秦始皇台。有人说，当太阳从地平线上冉冉升起的时候，台上烟雾缭绕，秦始皇当年被武士们簇拥着，翘首向大海眺望的壮观场面，至今还隐约可见呢！

（刘策源搜集整理）

打狼台和龙居店

在东营市龙居乡，有一处不起眼的土台子，叫打狼台，要讲打狼台的来历还得从“一文钱难倒英雄汉”说起。

却说赵匡胤在后周做大将时，有一次打了败仗，只身落荒来到郎庄（现东营市牛庄区龙居村）。连日的激战奔波，又累又饿，他走进村南一处瓜园，想买瓜充饥，但手中却分文没有，他想：先吃了再说，如园主要钱很多，就借故赖账一走了之。赵匡胤一连吃了两篮子瓜，他问要多少钱，园主见赵匡胤身材高大魁梧不是等闲之辈，怕要钱多惹出麻烦，就伸出了一个指头说：“只要一文钱！”两篮子瓜只要一文钱，再少也没处少了，要赖账吧，确实无理，拿钱却分文没有，这下可难坏了赵匡胤，当即急出了一身汗。只好连声道谢，说声“改日再来还账”，便告辞了。

这时天色已晚，赵匡胤走到村东，见一寺院，便推门而入。寺院长老接待了他，并备斋饭招待。赵匡胤不喜素食，又加上几日苦战，浑身无力，很想找些肉食充饥，便问村内有无卖肉的地方，长老奉告说：“庄里倒是有一个卖肉的屠户，但是个有名的恶霸，又会武术，凡是买肉的，不管钱多少，只是一刀，短斤少两不许问，不然的话，轻则恶骂，重则毒打，众人敢怒不敢言，背后给他起个外号叫‘狼一刀’。赵匡胤一听怒从心起，便向长老讨借了二斤肉钱，要去碰一碰“狼一刀”。

赵匡胤来到“狼一刀”的肉铺，交上钱说声要买二斤猪肉，“狼一刀”操起砍刀“咔嚓”一下砍下一块肉撂给了赵匡胤。赵匡胤一看，果然是“狼一刀”，名不虚传，他把肉又放回案头说：“且慢！我不要肥瘦混在一起，你给我另割肥瘦各一块，瘦的不许带肥，肥的不许带瘦！”“狼一刀”平日横行霸道，怎容得如此口气，便吼道：“我卖肉只砍一刀，你要就是这一块，不要散伙，再找麻烦，老爷不是好惹的，小心从你身上来一刀！”赵匡胤一听大怒，指着“狼一刀”喝道：“你这只恶狼，你横行乡里，作恶多端，今日我要教训教训你！”“狼一刀”跳起来举刀向赵匡胤砍去，赵匡胤急忙说道：“且慢，在庄里打，众人担惊受怕，咱们到庄外去，不管谁打死谁，省得往外抬。”

“狼一刀”从未遇上过对手，自恃武艺高强，便和赵匡胤来到庄东南一块空地上，这时庄里百姓都赶来围观，希望这个壮士为当地百姓除霸，两人激战多时，不分上下，众人急了，有人喊："狼的爪子特别长，扳住狼的爪子就行了。"赵匡胤留心一看，"狼一刀"确实有一双过人的长臂，经众人这么一提醒，便换了招数，他趁"狼一刀"向前伸臂之机，顺手抓住手腕向前一拉，"狼一刀"便扑倒在地，赵匡胤将他按住，挥拳猛打，这时围观的人都拍手叫好，为赵匡胤助威。"狼一刀"恼羞成怒，挺身反扑，赵匡胤瞅个机会，向"狼一刀"腹部狠踢一脚，"狼一刀"一头栽地，蹬了几下腿就一命呜呼了。

"狼一刀"虽然已死，众人仍不解恨，纷纷拾起土坷垃和砖头向"狼一刀"的尸体砸去，不大一会儿就成了一个大土堆，并起了个名字叫"打狼台"。赵匡胤为当地除了一害，众人自然感激不尽，赵匡胤受了众人一番款待，便辞别而去。后来赵匡胤做了大宋皇帝，当地百姓因赵匡胤曾困居此处，又除了恶霸"狼一刀"，便把郎庄改名为"龙困镇"，以示纪念。后人因"困"字不吉，又改为"龙居店"，后又改名为龙居村。现在的龙居村自然是今非昔比，已是一个不小的村镇，并且已经成为龙居乡政府驻地。

（刘策源搜集整理）

黑虎泉

济南解放阁西南侧，隔护城河有一名泉，叫黑虎泉，是一处天然洞穴，洞高两米，潭深三米，为济南七十二名泉之一，昔日泉水甚猛，明代人刘敕曾对当时的盛状做过绘声绘色的描写：喷珠飘练，澄彻可鉴眉睫。泉溢而出，轰轰下泄，澎湃万状，飘者若雪，断者若雾，缀者若流，挂者若帘，泻为园池，名曰太极。池中屹然一巨石，水石相击，珠迸玉碎，缧洄作态，其声如昆阳巨鹿之战，万人鸣鼓击缶，以浮白酬之坐十丈外，泉朦胧洒，人不寒而栗。泉名“黑虎”，事出有因。

据传，早在宋代时，这里还是一片荒野。在旧城以外，东西横贯一河，名叫泺河，这河很深，南岸的陡壁高有数十丈，河岸山石林立，古木森森。因为在旧城近郊，倒也住了不少人家，有一天深夜，人们都已酣睡，忽有一阵狂风袭来，树被刮得呼呼作响，深涧发出了吼声，将地震得嗦嗦发抖。村民被这巨大的声音惊醒，都争先恐后循声前来观看。人们趴在岸边，借着月光看去，都被眼前的情景惊呆了。原来是两只猛虎在搏斗，一只黑色，一只金色，正打得难分难解。不多一会儿，深涧两岸围观者已有数百人，野虎虽猛，一看人多，也有惧心，居然停战，黑色的便钻进了东边的洞穴，金色的逃进了西边的泉中。

等到天亮，大家赶来看个明白，果然发现洞穴里面有一只老虎屈身伏卧，日久天长，这虎竟变成了石头，那毛变成了苔藓。泉水从石虎下涌出，发出隆隆的声响，尤其夜半的朔风吹入石缝，惊人的吼声回荡于洞中，酷似虎啸。正如明代诗人晏壁的《黑虎泉》诗所咏：石磐水府色苍苍，深处浑如黑虎藏。半夜朔风吹石裂，一声清啸月无光。就因为洞中有虎形怪石，又常发出巨响，所以人们认为这虎就一直藏在洞中，变成了神灵；继而村民也就免不了初一、十五前来烧香焚纸，祈求平安。

明代嘉靖年间，人们在黑虎泉上面的悬崖上建起了一座黑虎庙，院内植松柏、藤萝、花草之类，遂成幽境。1965 年，人民政府将破旧的院落拆除，建起了一处观览泉水的小庭院，北为平台、石栏，人们可在上面远眺名泉四周的景色，也可倾听这“老虎”的啸声。

（刘策源搜集整理）

双井村

“双井”，位于山东省利津县王庄乡北部。现分为东双井和西双井两个自然村。西双井村的西侧，并排有两眼水井。一井泉水甘洌，一井则苦咸味浓。此为一方奇谈，也是“双井”村名之由来。

大约明代洪武年间，利津北部出现了大片黄河冲积平原，土地肥沃宜于农作。赵永宁一家由直隶枣强逃荒到此，落居为耕。但是，因此处为一片荒地，人烟稀少，故水源十分缺乏，就是人们吃水也得到五六里地外的清河去挑。为了能在这里生存下来，赵氏一家便在族长赵永宁的带领下，开始挖井找水。他们先后在几处洼地选点，又下挖一丈多深，均未发现水源。赵氏一家灰心丧气，并向族长赵永宁提出迁居他处。但赵永宁老人甚恋此处土地肥沃，故不肯答应，仍挖井不止。一个，又一个……一直挖到第十个时，才见到泉眼，清凌凌的泉水从泉下冒出来，片刻涨了半井，赵氏一家十分高兴。但当人们尝到井水时，个个便皱起了眉头。原来，这口井是一口咸水井，味道既苦又咸。这对赵家是一个沉重的打击。赵永宁老人望着井中的咸水，痴痴地发呆。不知不觉，井旁就剩下了他一个人。多日的劳累、失败的懊恼，使得他的儿孙们都回家歇息去了。赵永宁老人坐在那里一动不动，慢慢地便歪靠在井旁的泥土上，劳累使他进入了梦乡。

烈日当空，风干气燥，赵永宁老人浑身是汗，口渴难忍，他肩挑木桶，四处寻水，步履十分艰难，正当他劳累绝望的时候，面前一亮，出现了两眼水井。他三步并作两步奔到井边，准备打水时，背后传来老人的说话声：“永宁，休打此井水！”赵永宁心想，是谁喊自己的名字，必定是熟人，回头一看，原是一位老翁，似曾相识，但又不甚熟悉。只见老翁银眉银发，胸前飘散着银色胡须。手中执有一根龙头拐杖，一派仙人气色。于是赵永宁老人赶紧放好水桶，抱拳当胸：“老先生何方人氏，为何拦俺打水？”老翁笑道：“此为双井之地，俺乃一方土地。这双井，一口甘甜，一口苦咸。甜者供人饮用，咸者供人制盐。是此处人生之必需。你刚才打水的那井是咸水，西边那口井是甜水，看在你年迈心诚的份上，就让你挑一担甜水吧！”说完老翁便飘然而去，赵永宁不敢怠慢，便在西边井中打了一担水，凑到桶边一尝，果真清冽甘甜，十分爽口。一个冷战，原来是井旁一梦。醒后，赵氏老人回味刚才的一切，感到非常离奇，记忆又十分清楚，心想，难道是神仙保佑，救俺一家。于是他像着魔似的在咸井西五步处，又猛挖起来。当孩子们来找他时，井已挖了半人多深。对此，儿孙们深感不解，但看到老人那样认真，也不敢多问就跟着干了起来。挖呀，挖呀，一直挖到了近两人深，突然井底出现了指头粗的两个大泉眼，瞬间积满了井，人们舀起尝时，啊，真是甘美无比。赵氏一家你推我跳，欢庆成功，但当儿女们再来看赵永宁老人时，他却面挂老泪，含笑躺倒在挖出的泥土上，与世长辞了。

吃水不忘挖井人。孩子们为了纪念先人，即把村名定名为"双井"。后人还在此修建寺庙供奉神灵。六百年过去了，在这里生活的人们，仍一直饮用西井甜水，早些年还用东井咸水作原料淋盐食用，关于"双井"的传说也越传越神了。

（刘策源搜集整理）

牛首山的传说

大禹用青铜神斧凿通峡口大石山，造福了两岸百姓，谁知好景不长，过了不久，峡口河道来了一条性情暴烈的蛟龙，不时兴风作浪，掀起几丈高的波涛。时间一长，峡口沿岸的过往行人不死即伤，村庄和庄稼也被全部淹没，沿岸的百姓深受其害，十分憎恨，可谁也治不了它。

后来，沿岸百姓请了一位高人率众砍柴炼铁，铸造了一只5万多公斤重的大铁牛，从峡口放入黄河。大铁牛放入黄河后，通了人性，有了灵性，两角锋利，力大无穷。

一天，恶蛟龙又兽性大发，开始兴风作浪，大铁牛毫不畏惧，和蛟龙在黄河里斗了一天一夜，只打得天昏地暗，恶浪腾空。最后，恶蛟龙终于被大铁牛打败了，大铁牛用两只锋利的角把恶蛟龙挑为两截。从此，峡口河道才风平浪静，峡口两岸的百姓又过上了安居乐业的生活。

大铁牛杀死了蛟龙，为了保证峡口两岸百姓不再受妖物祸害，它就常年卧在峡口黄河东岸，看护青铜峡峡口。随着时间的推移，大铁牛变成了一座大山，山顶高处的两座山峰，远远望去，好像两只插入云端的牛角，整个山的模样，活像一头趴卧在黄河岸边的巨牛，人们把此山叫"牛守山"。元明以来，文人墨客称此山为牛首山，又因黄河流经此山麓，水光与山岩裸石相映，便呈现一片青红色彩，所以此山又名紫金山。牛首山寺庙群内的小西天、金牛池、黑驴寺、舍身崖、苦工庙、地涌塔等景点都有着诱人的神奇传说。

（马龙胜搜集整理）

白马拉缰

很多很多年以前，古老的黄河北面中卫县一带，是一片十多万亩的冲积平原，它像一颗绿色的宝石。天上飘着朵朵白云，地上开着无名艳花，对面香山飘来牧人的歌声，远处传来双峰骆驼的脖铃声。

随着日月的变迁，光阴的流逝，这块美丽的平原上，因为黄河水的涨落，时而五谷丰登，时而因缺水使庄稼枯萎。为了获得丰收，让大家过上好日子，平原上的人们计议着要开一处新的灌溉渠口。

计议成熟后，群众推选了一批治水开渠有经验的代表，走遍了黄河上下每个暗滩和沟洼，先后开了几个渠口，又修了一条大干渠，但因河水的涨落，流进干渠里的水总是不稳定。水大了冲坏渠堤，水小了造成旱灾，农人们饱尝了水大与水小的苦头。这种情况使一位名叫心为农的人很苦恼，他想：要克服一切困难，必须在黄河北岸找出一个合适的渠口来，为人民造点福利。

心为农虽然是一个年轻人，但却是个有心人，他用了整整一年时间，不怕夏天的炎热，不怕冬天的严寒，在黄河北岸来来往往走了一百余次。

有一天，太阳好似一个烤火盆，热得来往过路人汗点子像青豆一样往地上流。这位青年人走了三天三夜，已走得精疲力尽，困的实在没有办法支持，一头扎在河滩上睡着了。

他在熟睡中做了一个梦：在黄河浪涛中，有一个美丽的少女，骑着一匹高头白马，拖着长长的一条锦带，顺着黄河北岸浅滩飞驰而过，顿时出现了一道长印，整整有十里老远。

心为农醒来的时候，他用双手揉了揉眼睛，往河中一看，果不其然在浅滩中是一条白花花的水印，但是美丽的少女、高大的白马已不见了，而少女温柔的声音还在他耳边回响："青年人啊，要为人民造福，必须依靠人民，在北岸河滩上，有白印的地方修建一座十里长堤，保你平原上六畜兴旺，五谷丰登。"那匹高大的白马，嘶叫的声音，好似金钟长鸣，仍然在他耳边回荡。

心为农这个有心的年轻人，找到了找水治渠的朋友们，把自己梦到的情况叙述了一遍，有些人不信，有些人半信半疑，有些人说："不管怎样，只要我们把心用在治水上，没有办不到的事情。"

他们在心为农的引导下，沿着黄河暗滩，果然看到河北岸浅水中那条长印，是那样的清晰、显眼，人们组织群众动起手来，克服了种种困难，拉石的拉石，背土的背土，运草的运草，整整用了三百六十五天，在黄河北岸有白印的浅水中大兴土木，垒起一条坚固而又雄伟的长堤，把滔滔的黄河水从沙坡头到迎水桥以下，分出了一小半，流进了开挖好的干渠里。

这条渠口修成以后，不论黄河水如何涨落，但流进渠口里的水啊，永远是那样多，浇灌着十多万亩农田，每年五谷丰登，六畜兴旺。

后来人们为了纪念那位引导开渠的美丽姑娘，把开的干渠叫美丽渠，把那十里长堤称为白马拉缰。

（唐廷棟口述，唐育勤整理）

王道烈告倒山河

旧时清水河山洪时常漫淹新堡农田房屋，百姓无处食宿，流离逃荒。一次王道烈被山洪隔在宁安堡城，无法回家。隔了一年又发山洪，灾害仍旧，王道烈到中卫县衙门诉说，“有要事见知县面禀”，班首以老爷睡觉，下午有公出外，明天再来见回绝。王道烈只好忍气住到店里，第二天清早再去衙门，县老爷问：“你姓甚名谁，状告何人何事？”王道烈说：“我不是告状，是替人喊冤，只因新堡百姓受山洪灾害，无食无住，请大老爷慈悲开仓救济。”“你是灾民吗？”“不是，我是代灾民诉苦的。”县老爷一听沉下脸说，“滚！你是狗抓耗子多管闲事，退堂！”王道烈一气之下，干脆收拾盘缠上京告状。

他打听到九月九日，皇上到香山寺敬香。九月九日这天，天刚蒙蒙亮他就到香山寺大门口等着。看见一簇人马，中间一顶黄缎子轿的中年人下轿了，他跪向前喊“冤枉”，口称“皇上万岁万万岁，小民王道烈甘肃省中卫县人，只因家乡有条山河，每年山洪发生，淹没农田房屋，百姓无衣无食无处住，这个灾害，若不根除，后患无穷。这条山河源出固原，流到长山头下，因为河口阻水，由野猪沟决口，冲向新堡年年遭灾，地方官府不管，百姓无力堵复，请求皇上天恩圣裁。”皇上听后说：“好，你千里迢迢为民请命，算是朕的好百姓，赐你纹银五十两，‘钦命免役’旗一面，回去转告众百姓，朕自有安排。”

第二年五月，王道烈回到家中，驻地屯军已堵复了野猪沟决口。横拦土坝

(坝头子河湾),凿开河中两道石坎,河水遂由泉眼山西流入黄河。从此新堡一带的灾害没有了,于是“王道烈告倒山河”就四处风传。后来家道中落,子孙靠卖田过活,四邻都争先抢购,因为王道烈的田没有差役。

(周嘉玲搜集整理)

黄河渡口的传说

话说清代末期,在现在的中宁县内居住着一家潘姓大户,由于潘老先生宅心仁厚,苦心经营,加之教子有方,家族事业逐渐做大做强,兴旺发达起来。

端午节前,潘老先生派家里的莫先生前往宣和堡一带收取欠款,莫先生是潘老先生家里的管账先生,深得潘老先生信任。听完潘老先生的嘱托,莫先生便拿上布袋子出发了。事情进行得还算顺利,半天时间,莫先生已经收完了全部欠款,由于莫先生已有年岁,走了半天,说了半天,人困马乏,早已疲惫不堪,就顺便来到堡里的茶楼喝了点儿茶匆匆赶回去交差。也是人老多忘事,到了潘府他才发现布袋子不见了,顿时吓得五雷轰顶,大汗淋漓,要知道就这笔欠款足够他一家几口用一辈子,他莫先生又如何能赔偿得起,现在自己既辜负了潘老先生的信任,又百口难辨。诚惶诚恐地向潘老先生说明了情况,在潘老先生的质疑声中他又急忙赶回去,看看是否遗失在了回来的路上,可人心不古,那是一笔巨款啊,又有谁能够见利不忘义呢,此刻莫先生连想死的心都有了。

话说两头。有一中卫年轻人,姓何,常年在韦州、下马关一带经商,因运气不好,赔了个精光,于是便准备从宣和堡乘羊皮筏子回中卫老家,看看时间尚早,便也来到了茶楼,想慢慢品茶消磨时光,也好考虑一下今后的生活该怎么办。

恰好是在莫先生刚匆匆离去时何先生就到了。何先生刚坐下,就发现身边的椅子上有个小布袋子,也没多加理会,慢慢喝起茶来。许久仍不见有人来取,何先生疑惑起来,提了提感觉沉重,打开一看,他眼珠子差点没惊得掉出来,里面竟然全是金光闪闪的银元!何先生惊喜交加!这可真是一笔大财啊,它不但可以改变自己目前的穷困潦倒状态,而且后半生也能衣食无忧了。但他又转念一想:不行,钱财是各有其主的,这钱我不能要!要是因为我把钱拿走了,失主因此而丧失名誉,甚至失掉性命,我的罪孽可就大了!那个年代,一般正经人都知道"不义之财不能取"的道理。何先生心想:既然今天让我拾到了这些钱财,我就应该尽到责任、物归原主。到了吃晚饭的时候,茶楼的客人越来越少,看他们的神色,没有一个像是丢了钱的,只好饿着肚子等下去。一直等到掌灯时分,茶客都回家去了,只剩了何先生一人,他仍然聚精会神地注视着过往的人……突然,他看到一个人面色惨白、踉踉跄跄地朝这里奔来。来人正是莫先生。一进茶楼，莫先生就径直向何先生桌子走来。何先生看得出他就是失主，笑着对莫先生说：“你掉了钱袋吗?”莫先生难以置信地盯着他一个劲地点头。“我等你很久了”，何先生说着拿出那个布袋子给他看。莫先生感激得浑身颤抖，说：“您真是我的救命大恩人哪！没有您，我今晚就要上吊了!”原来，莫先生发现钱丢了时，就想返回去沿途找一遍，虽然能找回的希望渺茫，但也只有这一条路了。二人互报姓名后，莫先生就拿出二百大洋作为酬谢，何先生坚决不要；又改为一百大洋，何先生还是不要；再改为五十大洋，何先生生气了，严词拒绝。莫先生不知如何酬谢才好，于是说：“那我请您喝酒，好吗?”何先生仍然坚决推辞。最后，莫先生说：“不谢我心怎安！明天早晨在宁安堡的酒楼恭候，恳请恩公大驾光临，不见不散。”说罢一揖，掉头走了。第二天早晨，何先生居然来了。莫先生正要施礼再谢，何先生却抢先道谢，说：多亏您昨天丢了钱，让我捡回了一条命!”莫先生一头雾水，正待细问，何先生接着说：我昨天原定渡黄河回中卫老家的，因为等您来取钱把时间耽误了，回到住处得知，那只羊皮筏子行驶到半途被急浪打翻，船上的人全都淹死了。我如果上了那羊皮筏子，岂不也一命归西了？是您救了我的命啊!”说罢再拜。两人互相感激得一塌糊涂。周围的客人们听了都啧啧称奇，纷纷举杯向他二人祝贺，说何先生一桩善举挽救了两条人命。

故事到此还没结束。莫先生回去后，把事情一说，潘老先生也十分惊奇，感慨地说：“这么好的人真是难找啊!”非要见见何先生不可。结果两人见面后非常投缘，经过一番长谈后，两人不仅成了莫逆之交，潘老先生还极力扶持何先生。穷困潦倒的何先生拾金不昧的故事很快在周边传开了，他的诚信、仁义赢得了人们的赞叹，在潘老先生的帮助下，大小客商都纷纷找上门来与他做生意，他家的生意也越做越大，后来何先生竟拥资数十万，成为当地的大富翁。再后来，为了黄河两岸通航便利，几家联合购置船只用于渡口，极大地方便了百姓交通。

（潘瑞搜集整理）

画龙点睛

传说古时候,汾河两岸的水灾长年不断,三年一次小灾,五年一次大灾,淹得汾河两岸的庄稼根苗不剩,颗粒不收,害得成千上万的百姓淹死的淹死,饿死的饿死。当时,汾河一带村镇的地主和官僚们经常从老百姓身上大量勒索水捐(古时兴修水利的税款),可是每当大水漫野的时候,那些地主官僚干脆带着老百姓的血汗钱逃跑了,留下的穷人们熬受着苦难。那层出不穷的灾殃,真是害得黎民百姓喘不过气来。

当时,太原一带的老百姓中流传着这样一个传说:汾河里有一条大黑龙,连年的水灾都是这肆虐成性的大黑龙闹的。于是,老百姓们拼凑了一笔款子,打算在汾河岸边修筑一座龙王庙,借此供奉黑龙,祈求免灾。百姓们议定之后,便立即兴土动工。不久,巍峨高大的庙宇就竣工了,正殿左右壁的黑龙游海图已经绘成,只缺少点睛了。龙身容易画,点睛最难做。要是点不好龙眼睛,就会得罪龙王,大水非但不能减轻,反而会惹出更大的灾难。当时,太原一带的画匠只会画龙身,不敢点睛。由于这桩事,使得龙王庙一时不能完全竣工,况且不久就要到了春汛时期,百姓们都在发愁。龙王庙正殿里站着几十个画匠,手持画笔,瞪眼睛瞅着壁上的龙图,谁也不敢动手点睛。庙里庙外围着成千上万的老百姓,急得搓手跺脚,不知怎么办才好。

有一天早晨,从汾河西边来了两个人,一老一少,手握着画笔,身上背着颜料箱子,直奔龙王庙走来。他俩走到龙王庙门口,拨开人群,径直来到正殿里。这时,许多老百姓正在眼巴巴地望着没有竣工的龙壁发愁,忽见两个生人闯进正殿,大伙都问:“你们是从哪里来的生人?你们闯进龙王庙里做什么?”

那年老的画师笑着说:“我们是来点睛的呀!”

人们将信将疑。过了一会儿,只见这一老一少掀开自己背来的画箱子,拿出许多精巧玲珑的画具,配好了各种彩色的颜料。这时候,人们才给他们闪开一条路。只见这一老一少画师,手拿着饱蘸着朱红颜料的画笔,在龙壁上东挥西舞。霎时,龙壁上的龙头添上了眼睛,那两只眼睛真是活灵活现。点了睛之后,那条游海的黑龙俨然真龙一般,龙目凶光四射,上下转动,静中传神,与游海的活龙一模一样。就在这天,龙王庙算是正式竣工了。于是,太原城里里外外,一传十,十传百,人人都知道这两个点睛的画师了。百姓们都十分敬佩他俩那巧夺天工的手艺,龙王庙竣工后,太原一带的老百姓就留下这两个画师在这儿安家落户了。

原来,这一老一少的画师是父子俩,老画师叫王谋,小画师叫王小谋。

自从龙王庙竣工后,老天不从人愿,这劳民伤财的龙王庙并没有给善良的百姓带来丝毫幸福。汾河的洪水仍然跟往日一样泛滥,三年一次小灾,五年一次大灾,汾河沿岸的老百姓依然在洪灾里过着死里逃生的日子。

有一年秋天,阴雨连绵,愁云遮天,久久不见大阳——汾河又开始泛滥了。混浊浊的黄水淹没了河两岸的村镇,树梢在水里打转儿,房梁在骇浪里漂浮,亡命于洪水中的老百姓不计其数。

王谋为了逃命,背着画箱子,领着儿子王小谋爬到龙王庙正殿顶上。父子俩坐在庙顶上,望着四面滔滔洪水,说不出话来。天色眼见就要黑了,老王谋望着汾河大水发呆。这时,他迎着晚霞反射的光芒,只见汾河水面上翻滚着两条大龙,一条龙是黄的,一条龙是黑的。这两条大龙撕咬成一团儿,时而黑龙咬住黄龙的脖子,时而黄龙伸爪搔下黑龙身上的鳞片。两条龙身纠缠在一起,拼命地咬着。末了,只见那条黄龙一扬爪,狠命地抓住了黑龙的一只眼睛,黄龙的大爪在黑龙的眼眶里一扭,一下子把黑龙的一只大眼睛抓了出来,一股喷泉似的鲜血跟着从黑龙的眼窝里往外流,把汾河里的水都染红了。那黑龙在恶浪中挣扎一阵,痛得无力搏斗;那黄龙占了上风,张开门洞似的大口,吐了一股水,尾巴一甩,顺着汾河,逆流向北边游去了。那黑龙不敢追赶,用前爪捂着受伤的空眼窝,嗷嗷直叫,像匹惊了的野马一般,在水面上又是滚又是跳,鲜血仍不断从眼窝里往外淌。黑龙越是滚,汾河的水涨得越是厉害,洪水眼见就要涨到龙王庙顶上了。眨眼之间,那受重伤的黑龙游到庙跟前,一扬头,猛地发现老王谋父子俩坐在庙顶上。那黑龙一跃翻出水面,后爪跪下,前爪直立,哭哭啼啼地说:“老王谋,救救我黑龙王吧!”

老王谋说:“而今河水涨这么大,俺父子俩只求黑龙王救救我们的性命,我们怎能救得了龙王呢?”

那条黑龙伸爪揉揉自己的空眼窝,说道:“不不,你能救我。我只求你拿出画笔往我这只瞎眼睛上一点,我马上就会长出一只眼睛。因为你会点睛。”

老王谋一寻思:龙王庙也竣工了,汾河仍然连年泛滥,你黑龙一点儿也不顾全老百姓的幸福,整天在汾河里胡打乱闯,以致洪水成灾。而今你给自己招来祸患,央求我给你点睛,我王谋豁出性命也不能轻易答应你。

于是,老王谋说道:“给你点睛倒不难。可是你黑龙得答应我一个条件。”

黑龙连忙磕头说:“只要画师给我点睛,提出什么条件我黑龙王都答应。”

老王谋说:“为了拯救汾河两岸的老百姓,你要立刻退水,从今以后不许你闹水!

黑龙连连称“是”,并且约定第二天夜里子时黑龙跳到汾河岸上,由王谋给它点睛。

“爹,洪水退了! 爹,洪水退了!”这时,老王谋只觉得有人推他,在他耳边喊着。王谋猛地一惊醒,原来刚才做了一个奇怪的梦。他定神望望龙王庙的四周,果然洪水已经退去。他自言自语地说:“黑龙真的没有失言呀。”

王小谋惊奇地问道:“爹,你在说什么?

于是,老王谋把刚才梦中的情景对儿子讲了一遍。第二天,洪水已经消退,天空霓云四散,现出了一轮红日,天色果然晴了。这天深夜子时,老王谋拾掇了画箱和画笔,站在汾河岸上与黑龙约定的地点,静等着黑龙上岸,动手给它点睛。王小谋年幼胆小,老早就爬到汾河岸的树尖上,想看看这条黑龙到底是什么样子。

午夜刚过,只听汾河水面上卷起一股狂风,翻起几道白花花的大浪,水沫四溅的浪花中伸出一个龙头,然后露出了龙身,龙头上长着两只金角,满身是漆黑的鳞斑,好似一条游在水中的大黑蟒。只见它一抖身,像生了翅膀一般,忽地腾空窜到汾河的岸边上。它躺在河滩上,仰着龙头,四下张望。老王谋蹑手蹑脚地走到黑龙跟前一瞧,黑龙的一只眼睛果然瞎了。老王谋操起画笔,使出了毕生的巧工,全神贯注地往黑龙的空眼窝里一点。笔尖刚一挑起,只见那空眼窝里立时生出了一只又大又圆的红眼睛。黑龙欢喜得身子翻滚。

这时,老王谋站在黑龙面前说道:“我已经为你点出眼睛了。你可要履行自己的诺言,今后不准叫汾河泛滥,伤害百姓。”

可是眼睛一复明,这条万恶的黑龙就背弃了从前的诺言,又现出了害人的本性。还没等老王谋走开,就一口把老王谋吞进了肚里,然后尾巴一甩,腾空窜进汾河滚滚的浪涛里了。这一切,王小谋蹲在树尖上,看得清清楚楚。他一见父亲被黑龙吃了,急忙爬下树,想跟黑龙拼了。可是他一转身的工夫,那黑龙已无影无踪了。

老王谋被黑龙吃了以后,王小谋独自一人在太原城以画壁画为生。他时刻想给父亲报仇,可是总也找不到机会。每天黄昏,他走到汾河边,望着河寻找黑龙,可是河面上一片混浊的碎浪,根本没有黑龙的影子。父亲就这样不明不白地惨死,王小谋伤心极了。

有一年秋天,汾河又涨了大水。百姓们都传说,这又是黄龙和黑龙在汾河里厮斗了。这年的洪水,跟老王谋给黑龙点睛那年的水势一般大。洪水一到,王小谋又爬到龙王庙顶上了。当天夜里，他在庙顶上做了一个梦，醒来一想，跟当年父亲做的梦一模一样。这次，王小谋在梦中假意答应给黑龙点睛，暗地里想为父亲报仇。

第二天黑夜，王小谋站在汾河边上，等着瞎眼的黑龙上岸。他越想越难过，这个杀父之仇怎么能报得了呢？黑龙虽然被黄龙咬瞎了眼睛，可是它能呼风唤雨，吐水成河，自己怎么能抵得住河里的魔王呢？他正在难过的时候，河里划来一只小船，那小船越划越近，当来到河边的时候，王小谋才看清楚划船的是一个白发老太婆。那老太婆把小船拢到岸边，安详地坐在船头，一声也不吭，只呆呆地望着王小谋。

王小谋正找不到人倾吐心中的苦闷，一看船上坐着一个老太婆。王小谋说道："我可以把自己的苦闷对你讲讲吗？"

老太婆笑着点点头。

于是，王小谋把父亲怎样为了汾河沿岸百姓的幸福被黑龙吃掉，以及自己一心想为父亲复仇的事，从头到尾述说了一遍。临了，他说道："老大娘，我没有降龙的本领，这仇不但报不成，反而会被黑龙害死。"说罢，王小谋就呜呜地哭了。哭了半晌，王小谋擦干了眼泪，问道："老大娘，你能帮助我吗？"

那老太婆只是大张着嘴，"啊啊啊……"地叫着，什么话也说不出来。这时，王小谋才知道，原来这老太婆是个哑巴。王小谋好不容易遇见一个人，结果是个哑巴，心里很不痛快，转身就要走。这时，只听那老太婆"啊啊啊"地大叫，指手画脚地招呼他回来。王小谋回头一瞧，那老太婆正指着他手里的画笔。王小谋忙把画笔递到老太婆的手中。只见那老太婆操起画笔，在王小谋的手心上写了"艾草治黑龙"五个字，写罢，丢下画笔，划着小船就走了。

王小谋对着手心上的五个红字，凝视半晌才明白。他拔腿就跑，在太原城里召集了一百多个壮小伙子，吩咐他们每个人拔五十斤艾草，帮助他制服黑龙。不到半夜时分，太原城墙底下的艾草，全被他们拔光了。

午夜刚过，汾河水面上卷起一阵狂风，翻起了千条大浪，那黑龙纵身腾出水面，忽地跳到河岸上。王小谋早准备好了画笔，慢腾腾地走到黑龙面前，挥臂摇笔就给黑龙点上了眼睛。可是这条作乱成性的黑龙兽性复发，丝毫不念王家父子对它的好，还没等王小谋转身，一口就把王小谋吞到肚里了。黑龙的一只眼睛复了明，得意忘形地甩了下尾巴，想要返回汾河。可是那一百名壮小伙子早把无数棵艾草插在河滩上了，密密层层的草棵从四面八方围住了黑龙。那艾草的苦味，迎着河上的狂风，散发到几十里外。黑龙一闻到艾草的苦味，就像一摊稀泥似的，软得动也动不得了。末了，嘴里"噗"地吐出一汪黑水，眨眨眼皮，晃晃身子，死去了。

自从王家父子牺牲性命、治服了黑龙之后，传说，汾河沿岸一连三十多年没涨大水，年年风平浪静。

（赵春海讲述，秦素娟整理）

二月二龙抬头

我国各地都盛行“二月二龙抬头”的说法，因为这寄托着人们驱虫害、祈丰收、保平安的愿望。每到这一天，汶河流域的百姓都会举行一些相关的活动，如炒黄豆、摊煎饼、撒灰等，企盼龙王能及时行云布雨，普降甘霖，帮助人们及时耕耘播种，获得一年的五谷丰登。据说，这还是当年大禹治水成功后遗留下来的一些风俗。

相传，当年大禹治水成功后，特命全国九州之水由九条龙来分别掌管，自己则因为治水有功，被玉皇大帝收到天庭，变成一条青龙，恢复了下雨王的身份，负责掌管天河和人间降水。每当玉皇大帝传旨降雨时，都由他调度天河之水，然后再通过九条龙把天河水倾洒人间。

刚开始，大禹对玉皇大帝言听计从，让什么时候下，就什么时候下，让下多少，就下多少，深得玉皇大帝信任，得到了不少的奖赏。但是，时间一长，大禹便发现玉皇大帝没有自己的主见，反复无常，经常朝令夕改。这让大禹非常苦恼，有好几次都想劝阻，但玉皇大帝根本就不给他机会诉说。

有一次，玉皇大帝听信下属谗言，下旨让人间九龙升天，三年不向人间降雨，用以惩罚世人。大禹得知后，非常震惊。在一次早朝会上，大禹鼓起勇气向玉皇大帝表达了自己的想法，并请求他收回成命。由于献谗之人此时如日中天、权倾一时，玉皇大帝不但不理会大禹的建议，还将大禹狠狠训斥了一顿，并再三重申没有他的命令不得私自降雨，否则将受到严惩。

天上的诸神们想：大禹，这回你该死心了吧！面对玉帝的训斥，想到因大旱遭受苦难的芸芸众生，大禹决定舍上一身剐，当一回叛逆，偷偷向人间布雨。

农历正月十五这天，过完年的玉皇大帝寂寞难耐，便背着王母，悄无声息地出访月宫，私会嫦娥。大禹得知这一情况后，认为按照常规玉皇大帝会嫦娥一般要半个月，这段时间下点雨，既能解百姓之苦，还能不让玉皇大帝知道，是一个再好不过的机会。于是，这天凌晨，大禹带好雨簿，来到发令台，通知九条龙，要它们下一个时辰的雨。九龙知道这事肯定是背着玉皇大帝的，但又不得不听大禹的命令，只好偷懒，下了半个时辰的雨。虽然是半个时辰，也解决了大问题。

本来大禹自认为这事做得天衣无缝，殊不知早被个别嫉恨他的小神了解个一清二楚，报告给了玉皇大帝。玉皇大帝听说后，忘了玩乐疲惫，大发雷霆，下令将大禹贬到人间，压于泰山之下，并颁下了“青龙擅自降雨犯了天规，当受人间之罪，若想重登灵霄殿，金豆开花方能释放”的揭帖。

世人得知大禹为了百姓才遭横难，大家聚在一起，千方百计寻找开花的金豆，来救大禹。但是，人们跋山涉水历尽艰辛，也没有找到开花的金豆。人们就聚在一起想出了一个办法，将金黄色的大豆粒和玉米粒置于锅釜之中，用大火焖炒，使之爆而成花，并将其串编成团，或悬挂屋外，或供于灶间，骗过了玉帝派来视察的太白金星和上天言好事的灶神，大禹这才得以昂首升天。这天正赶上农历二月初二，于是，人们便把这天定为“二月二龙抬头”节，以感激大禹的救命之恩。

（程珊珊整理，出自《大汶河志》）

唇亡齿寒

“唇亡齿寒”的故事在三门峡一带千古流传，对后人是个很好的警戒。

从三门峡市通往三门峡大坝的专用铁路线上，有个湖滨车站，站旁有一个保护得很好的车马坑。这就是修建湖滨车站时发掘出来的虢国太子徒的殉葬墓。墓坑里有五辆双马拉的木制战车，因此得名“车马坑”。这五辆战车很完整，十匹马也都规规矩矩地躺倒在地上。因为它们都是被杀以后埋起来的，所以排得非常整齐。这个车马坑因年代悠久，保护得好，有研究价值，所以吸引了许多中外贵宾来参观。

传说，这个地方是古代虢国的都城，叫上阳。虢国还有一个大城，叫下阳，在三门峡北岸的平陆。关于虢国的兴亡，流传着一个“唇亡齿寒”的故事。在两千六百多年以前的春秋时期，在豫西的黄河两岸有许多小诸侯国。其中，虢国和虞国紧紧相连，虢公和虞公都是周天子的同族，关系很亲密。和这两个小国接壤的还有一个大国，就是晋国。晋献公想吞并虢国但又怕虞国搭救，所以不敢轻率发兵。晋献公把这个心思给大臣们说了以后，大家都纷纷议论开了。

大臣荀息献计说：“要攻打虢国，必先把虞国拉过来，听说虞公性贪、残忍，要把他拉过来，必须把千里马和白玉璧送给他。”

晋献公不情愿地说：“那千里马和白玉璧是国宝，岂能送给他？”

荀息笑了笑说：“我们先向虞国假道攻打虢国，灭了虢国之后，回过头来再灭虞国。这样就可以取回千里马和白玉璧。我们只是把千里马寄养在虞国的马厩里，把白玉璧寄在虞国的库房里。这有什么不好呢？”

晋献公采纳了荀息的计策，派使臣到虞国把千里马和白玉璧送给虞公，表示要和虞国世代盟好，并要求虞国假道晋国，以伐虢国。

虞公见了两样宝贝非常高兴，当场就答应了晋国的要求。虞国有个贤臣叫宫子奇，急忙进谏说：“虞和虢是两个相亲相近的邻国，有着‘唇亡齿寒’的关系。晋献公早想吞并周围的小国，如果假道给晋，他们灭了虢国以后，回师的时候就会把我们虞国给灭了。”

虞公不听忠告。宫子奇见劝阻无效，就带着全家人弃官逃跑了。

晋国通过虞国捷径，长驱直入，征伐虢国，先攻破了紧挨虞国的下阳城，然后又攻破了虢国都城上阳。虢公逃亡他国，虢国就这样灭亡了。

晋献公回师路过虞国的时候，轻而易举地俘虏了虞公，灭了虞国，缴回了千里马和白玉璧。虞公贪得无厌，出卖盟友，害了别人，也害了自己。

为了纪念古虢国，三门峡市区里的一条主要街道命名为“上阳路”。

（杨明搜集整理）

王昭君河套撒种

黄河从宁夏进入内蒙古，正向北流的河水，向东拐去，到托克托又向南拐，进入晋陕峡谷。黄河在这里绕了个大弯，这个弯以北，阴山山脉以南，是有名的河套平原。

俗话说：黄河百害，唯富一套。河套分为前套和后套，西部为后套，盛产小麦、谷子，现在是全国重要的商品粮基地；东部为前套，牧草青青，是很好的大牧场。

传说，很早以前，前套是一望无际的大沙原，寸草不生，穷困荒凉；后套遍地是草，没有庄稼，靠放牧牛羊为生。前套能成为牧场，后套能成为粮仓，是王昭君和亲带来的。

西汉时，河套平原那里居住着匈奴人。匈奴和西汉常打仗，今天你攻过来，明天我攻过去，闹得百姓们不得安宁。时间一长，别说老百姓受不了，西汉皇帝和匈奴王也觉得劳民伤财，没法收拾。汉元帝时，匈奴王呼韩邪单于来长安和亲，这正中汉元帝心意，他把漂亮的王昭君嫁给单于，以求得胡汉和好，团结一心。

王昭君为了胡汉百姓安居乐业，心甘情愿去和亲，与单于结为夫妻，去河套那里生活。不过想想要远离家乡，且匈奴那里天气很坏，不吃五谷杂粮……她前思后想，心中烦乱。动身的前几天，她常常暗中落泪，有时竟后悔不该去和亲。

这天夜里，月暗星稀，王昭君心里恍恍惚惚，有许多话憋在心里无人诉说。想想长安的风和日丽，想想河套那里的阴霾日月；想想长安的丰餐美肴，想想河套那里没米没面……越想越烦，她伸手拿起桌上的琵琶。她能弹一手好琵琶，喜悦、忧愁、苦闷时都要弹，这些年琵琶成了她的知己。

王昭君坐不住，站不稳，抚摸了一下丝弦，没心思弹，就把琵琶放在桌上。她转过身，眼望窗外。突然，身后传来声音："昭君！"她回头看看，屋内空空，并无一人，心中蹊跷。这时从琵琶上传出说话声："我是阴山上的大树，做成琵琶，来到汉，伴你弹唱。"王昭君听那声音，亲切和蔼，壮着胆抱起琵琶问："你是从匈奴那里来的？"

"是，是，琵琶是胡人造的，我从河套来到这里。我身在汉，却天天想着胡地。那里的老百姓盼着你呢，快些走吧！”琵琶清脆的话语，使王昭君又惊又喜。

王昭君对琵琶说：“我早拿定了去和亲的心，只是那里太苦，困难太多，怕受不了。”

琵琶哈哈笑了：“我在你身边，会帮助你。”

王昭君一阵高兴，谢谢琵琶，又问：“那里缺什么？我带些什么好呢？”

琵琶说：“那里没有庄稼，你带些种子。”

王昭君点点头，把琵琶轻轻放好，连夜用红锦缎做了袋子，装上了满满的麦种和谷种。

王昭君和单于从长安出发，沿黄河向北走，到托克托过黄河，进入河套，到了自己的新家。一过黄河，王昭君心里凉了半截，四周看看，光秃秃的连个草木树影都没有，一片黄沙，路也没有，比在长安想得还要可怕。

天阴沉沉的，风冷飕飕的，单于和王昭君带着人马一步一步向前挪。突然，狂风大作，沙石被吹起来，天昏地暗，人被风推着向后退，不能走了。停下来等呀等，过了五天，天不晴，风不息。人又饥又渴，到处找不到水。不少人倒在地上，奄奄一息，马匹也倒了不少。王昭君问单于：“这就是河套？”

单于怕王昭君伤心，忙说：“这里是前套，向西走是后套，那儿遍地是草，能放牛羊，比这好多了。”王昭君看看天，看看地，心想：“这地方咋叫人生活呀！”她想起琵琶来，把琵琶托在手中，乞求地说：“这里的百姓太苦了，帮帮我的忙，把这儿变一变，能像后套那样就行了。”琵琶说：“你弹吧，越动听越好。”

王昭君弹起琵琶，优美悦耳的曲子传出来，在空中回荡，随风飘扬。转眼风停了，乌云散了，太阳露出脸，暖和多了。她不停地弹。单于叫她吃饭，她摇了摇头，一个劲地弹下去，整整弹了三天三夜。地上长出了青草，到处开着黄色的小野花，有股股的清香。又弹了一天一夜，那些美丽的小鸟叽叽喳喳飞来了。大地变了样，有了生气。单于看得入迷，天变了，地变了，他想：“今后前套也能放牧牛羊了。”

突然曲子停了，单于回头一看，王昭君昏倒在地上。

从此，前套变了模样，成了个水草丰盛的绿色海洋。“风吹草低见牛羊”，就是说的这个地方。

王昭君在王宫里没住多久，要到后套去，单于舍不得她离开，不让她去。王昭君千说万讲，单于才答应了。她带着琵琶和锦袋，跋山涉水来到后套。四周看看，全是绿油油的草，长的茂密粗壮，这要是庄稼多好呀。她找来一些老百姓，叫他们除掉草，种麦子。大家没见过麦子是啥样，谁也不愿种，都说:“俺这里是祖辈长草的地方,种什么庄稼呀。”

不能强逼百姓们种,只有自己动手了。王昭君找了一片牧草葱葱的地开始拔草,谁知半天才拔了巴掌大的一片。她想起了琵琶,求它帮忙,琵琶答应了。王昭君抱起琵琶,尽情弹起来。随着乐曲,青草一棵一棵不见了,露出黄中透黑的土地。王昭君先教跟她来的宫女,犁呀,耙呀,地平整好了,撒上带来的麦种,没多久,麦苗拱出了地面。

王昭君毁草种麦的事,被一个反对胡汉和亲的大臣知道了。他跑到王宫对单于说:“草是咱匈奴的命根呀,没有草,不能放牧,就没吃没穿。王昭君毁了草,等于绝了咱的生路。”

单于说:“她要把汉的庄稼带给咱。”

大臣说:“咱和汉水土不同,敬的不是一个神,种庄稼根本不行。再说,她放着长安的荣华富贵不享,来到这鬼地方,她是初来乍到,和咱不一定一心,得留神。”

单于受了挑唆,下令王昭君立即回宫。这可怎么办呢?麦苗才指把高,这次种不成功,今后让百姓们种庄稼更难了。王昭君又求琵琶帮忙。随着她弹拨的曲子,麦子窜着长,半天工夫,麦子就熟了。金灿灿的麦子收割了,琵琶帮助打场,磨面,蒸成馍,烙成饼,擀成面条,包成饺子,分给老百姓吃。人人都说好吃,都求王昭君留下来教他们种庄稼。

王昭君把收获的麦子带回宫,单于见了,十分高兴。这时单于已经知道了老百姓要学种庄稼,就和王昭君一同到后套,把麦种分下去。王昭君走遍了后套的山山水水,村村镇镇,手把手教百姓们耕耘土地、撒种育苗、浇水灌溉、收割打场。后套土地肥沃,有黄河水浇灌,庄稼长得格外好。

麦子收割了,老百姓都夸王昭君是汉来的好姑娘,胡汉和亲带来了福分。后来,王昭君又把谷种、玉米种撒在后套。从此,后套就种起庄稼来,越来越富,成了黄河上下最富裕的地方了。

王昭君死后,河套的百姓怀念她,为她修了好几处坟墓。在前套呼和浩特的昭君墓,长满了青草。到了秋天,地里的草木都枯黄了,唯有王昭君墓上的草照样是青的,当地人叫它“青冢”。据说,这是王昭君为河套带来幸福,带来青草,撒下种子,青草也不忘王昭君的缘故。

(申法海搜集整理)

鄂陵湖与扎陵湖

黄河源头有两个美丽的湖，东边是鄂陵湖，西边是扎陵湖。黄河水先注入扎陵湖，从扎陵湖南端流出来，再注入鄂陵湖，又从鄂陵湖北端流出来，向东流去。扎陵湖和鄂陵湖被黄河连起来，如同手挽手的两兄弟，人们称为“双生湖”。

传说，很久以前，巴颜喀拉山下是一片美丽富饶的草原，这里有个游牧部落。部落里有个勇敢勤劳的牧羊人，每天放牧着一大群牛羊，在草原上东奔西跑。天上有个白银仙女，爱上了这个牧羊人，她偷偷来到草原，和牧羊人结为夫妻。一年过后，白银仙女生下一对双生儿子，大的长得像牧羊人，叫鄂陵；小的长得像白银仙女，叫扎陵。

孩子刚满月，白银仙女私配凡人的事就被玉帝发觉了，派天神来催她回天宫。白银仙女舍不得孩子，离不开牧羊人，誓死不归。天神把白银仙女拒不回天的情况向玉帝禀告，玉帝大怒，施展神威，连降了九天九夜鹅毛大雪，把巴颜喀拉山全覆盖住了，成了一片白色雪山。而后，把白银仙女打入这雪山之中，让她挨饿受冻，与世隔绝，和牧羊人及两个儿子不能见面。

牧羊人日夜思念妻子，一对双生儿子时时啼哭，翘头寻奶。牧羊人心中悲愤，把鄂陵和扎陵交给一位牧羊老人照管，就冒着风雪进深山，去找白银仙女。

牧羊人在雪山中东奔西跑。大风不住地刮，雪花不停地落，没个避风遮雪的地方，没东西吃，他终于倒在雪中，被雪埋住冻死。

牧羊人半年没有回来。牧羊老人知他没找到白银仙女，死在山中，就收养了鄂陵和扎陵，悉心照料他们。几个春夏秋冬过去了，鄂陵和扎陵长大了，牧羊老人教他们打猎放牧的本领。

有一天，鄂陵和扎陵去放羊，两个人坐在草丛中看羊儿吃草，看羊儿奔跳戏闹。扎陵触景生情，问哥哥鄂陵：“你看，小羊羔都有爹娘，我们为什么没有爹娘呢?”鄂陵也不知为什么。两个人一商量，就早早赶羊回去，要向牧羊老人问个明白。

牧羊老人见平日十分勤快、早出晚归的鄂陵和扎陵今天回来得特别早，就心生奇怪。鄂陵和扎陵关好羊群，就围住牧羊老人，一再问他们的爹娘在什么地方。

牧羊老人眼里含着泪，摸着两个长高长大的孩子，就把他们的娘是白银仙女，被困在雪山，他们的爹爹进山寻妻一去不归的事讲了个清清楚楚。扎陵和鄂陵听后，一定要去找他们的娘。牧羊老人点头答应了。

第二天，牧羊老人指给他们去雪山的路，叮嘱他们要多加小心，相互照顾。鄂陵和扎陵告别了牧羊老人，登上寻找他们的娘的路程。

鄂陵和扎陵翻山越岭，几天后来到黄河边，顺黄河向山上走。走啊走啊，累了就地躺下歇歇，饿了啃干粮吃野草，渴了就喝黄河水。这一天，他们来到雪山跟前，一眼望去，白茫茫一片，两个人早已累得精疲力尽了。扎陵指着雪山，高兴得喊起来："哥哥，咱们快能见到娘了。"鄂陵说："咱们这才到雪山脚下，雪山高挨天，大无边，还不知娘在什么地方，今后的路还远着呢，也不知要找多少天呢，咱们先在这里歇一歇吧！"扎陵说："歇歇就歇歇，先吃点干粮吧！"鄂陵说："一进深山，到处是雪，野草野果也难找了，咱们省下干粮，喝点黄河水，忍一忍吧。"兄弟两个把干粮放好，喝足了黄河水，一歪身，就呼呼睡起来。

鄂陵做了一个梦。一个全身穿着素白衣裙，头上缠着白色头巾的妇女向他走来。她一边走，一边喊："鄂陵，扎陵，你们在哪里？"鄂陵揉揉眼，看着那妇人，问："你是谁？我怎么不认识你。"

妇人道："我是你娘白银仙女。"

鄂陵猛地站起来，扑进妇人的怀抱，说："娘，我想你呀，你和我们回家吧！"

那妇人说："孩子，你们不要再找我了，赶紧回去吧，这山里风大雪大，会冻死人的。玉帝有命，我不能出雪山，不能回家。"

鄂陵说："我们不能没有娘，你一天不回去，我们就在这里等你一天。"

白银仙女也舍不得孩子们离开，可又不敢带他们进山，就告诉鄂陵说："你和弟弟就在这里等着我，我寻找机会来看你们。饿了，渴了，就向着雪山喊三声娘，我会把奶汁挤进黄河里，任你们吃喝。"

鄂陵点点头。白银仙女要走了，鄂陵扯住不放。白银仙女狠着心推开鄂陵，一步一回头地向雪山走去。鄂陵看着消失在漫天飞雪中的娘的身影，一阵心酸，大叫一声"娘！"他醒了。这时，扎陵也大叫了一声"娘"，也醒了。鄂陵把刚才的梦向扎陵讲了一遍，扎陵惊叫道："哥哥，咱俩的梦一模一样。"

鄂陵和扎陵梦中见到了娘，就按娘的话，在这里等候娘。他们既不敢进雪山，又不肯回去。天天等，天天盼，饥了，渴了，就向着雪山喊三声娘，再喝黄河水，又香又甜，又解饥又止渴。

白银仙女回到雪山深处,她和儿子见面的事,很快就被玉帝知道了。玉帝下旨,把白银仙女变成了一座雪峰,她再不能去看望儿子了。白银仙女临咽气前,把奶汁全挤进黄河里。

鄂陵和扎陵等呀等,天天向雪山张望,可他们不知道再也见不到娘了。

斗转星移,鄂陵和扎陵苦等着娘。许多年过去了,他们喝着满含娘奶汁的黄河水,长高了,长大了,可再也没有见过娘的面容。

鄂陵和扎陵毫不泄气,他们下决心不离开这里,想着总有一天能再见到娘。兄弟俩慢慢变成了两个大湖,静静躺在这里,喝着娘的乳汁,等待着娘来看他们。

这两个大湖,一个是鄂陵湖,另一个就是扎陵湖。

(申法海搜集整理)